Todes-Wind

Buch

Jule wäre eigentlich ein ganz normaler kleiner Eifeltiger, wenn sie nicht so unglaublich neugierig und abenteuerlustig wäre. Kaum hört sie von einem Mord an einem Freund, beschließt sie, der Sache auf den Grund zu gehen. Sie streunt durch die Dörfer, belauscht heimliche Zusammentreffen, dringt in Häuser ein und sucht nach Indizien, Verträgen, verdächtigen Schecks. Dabei nimmt sie auch die Hilfe ihrer zahlreichen Verwandten sowie anderer Samtpfoten in Anspruch, benutzt ihre scharfen Sinne und ihre Katzenintelligenz.

Aber wer ist der Mörder? Der Bauer, der vor vielen Jahren bei der Landreform Ackerfläche mit dem Toten tauschte und sich nun betrogen fühlt angesichts der Windräder, die auf seinem ehemaligen Land stehen?

Oder der Landrat, der Bestechungsgeld von dem Windenergiebetreiber annimmt und dafür sorgt, dass Anträge problemlos genehmigt werden?

Da macht Jule eine sensationelle Entdeckung, die sie auf die Spur des Mörders bringt.

Autorin

Manuela Wirtz ist Jahrgang 1959 und gebürtige Solingerin. Nach einer Lehre absolvierte sie an der Bergischen Universität Wuppertal ein Studium zur Kommunikationsdesignerin. Seit Jahren arbeitet sie in der Werbung, für Verlage und Druckereien. Daneben ist sie Autorin zahlreicher Artikel über Computerkunst, Marketing oder Rettungshundearbeit. Unter ihrem früheren Namen Manuela Eckenbach-Arndt ist sie u. a. Co-Autorin des Buches:
Erste Hilfe am Hund, Cadmos Verlag, ISBN 978-3-86127-717-0

MANU WIRTZ

TODES-WIND

Samtpfote auf Mörderjagd

Die Deutsche Nationalbibliothek verzeichnet diese Publikation in der Deutschen Nationalbibliothek; detaillierte bibliographische Daten sind im Internet über http://dnb.d-nb.de abrufbar.

Umwelthinweis:
Dieses Buch wurde auf chlorfrei
gebleichtem Papier gedruckt.

Herstellung und Verlag:
Books on Demand GmbH, Norderstedt
4. Auflage
Covergestaltung: Manu Wirtz
Coverfoto: creativ collection, Nr. 17_07048
Lektorat: Martina Kurz, www.kurztext.net
Printed in Germany 2010
ISBN 978-3-83915-307-9

www.katzenkrimi.com
www.manuwirtz.de

Für die beiden liebsten Katzen, die ich zu Hause habe:
meinen Mann (Sternzeichen Löwe)
und Jule, Tatzepitter und Rumtreiberin –
– und ganz nebenbei meine Muse.

Vor Jahren …

… war Landreform in Walsdorf, Eifel. Die oft kleinen und sehr weit verstreuten Äcker, Wiesen und Felder der landwirtschaftlichen Betriebe sollten im Zuge einer Landzusammenlegung zu je größeren Einheiten geschlossen werden. Das sollte helfen, Kosten zu sparen und Ressourcen zu schonen. Wie immer bei im Grunde genommen guten Ideen gab es auch hier unterschiedliche Meinungen und – wie sollte es auch anders sein – politische Zielstrebungen.

Die sehr engagiert geführten Diskussionen in den Gemeinderatsitzungen konnte man bis auf die Kölner Straße hören – am lautesten von der Fraktion der Freien Wähler.

Auch an der Wirtshaustheke beim Schull unterhielten sich die Landwirte über den groß angelegten Tauschhandel. Heinrich Huber aus Walsdorf war nicht glücklich über seine Zuteilung.

»Den Dreckshügel hann se mer jenn. Oben an den Bunkern. Wat soll ech mit dem buckeligen Jestrüpp?« Wütend leerte er sein Glas Bier in einem Zug. Die ganze

Haltung des kleinen und drahtigen Mannes machte den Eindruck, als sei er auf Krawall gebürstet, die Arbeitskleidung war unordentlich, die wuscheligen, dunklen Strähnen hingen wild durcheinander, dichte Augenbrauenbüschel standen kreuz und quer, der Blick aus den dunklen Augen war unstet.

»Meine anderen Flächen sind alle unterhalb vom Arensberg.«

Sein Thekennachbar aus dem benachbarten Zilsdorf bestellte zwei weitere Biere »Joh, ech wees, ech hann och en Feld do leijen. Dann beschwer dich doch und warte die Güteverhandlung im Gemeinderat ab oder du tauscht mit nem anderen.«

»Das Vieh mag die Ecke auch nicht, weil es da immer zieht«, maulte Huber weiter. »Wo bist du dann eingeteilt worden, Kalli?«

»Auf halber Strecke zwischen Zilsdorf und Goßberg«, antwortete Karl-Heinz Vogel aus Zilsdorf.

Wer die beiden zusammenstehen sah, musste unwillkürlich an Laurel und Hardy denken. Vogel war das Gegenstück zu seinem Trinkkumpan, groß und kräftig gebaut, mit kurzen, roten Haaren und blauen Augen mit vielen Lachfältchen ringsherum.

»Ich kann ganz zufrieden sein, hab jetzt nicht mehr zehn Felder Jottwede anzufahren. Bis auf das eine Feld beim Arensberg hab ich alle beisammen.«

Nachdenklich trank Heinrich Huber einen weiteren Schluck Bier.

»Was meinst du mit tauschen?«

»Naja, ich glaub nicht, dass so ein Sesselpupser von der Kreisverwaltung vor Ort wirklich Bescheid weiß.

Vogel spürte den Bergwind im Rücken. Er nahm seine Kappe ab und fuhr sich mit der Hand durch die roten Stoppelhaare. Er musste am Tag noch mal hierher kommen, wenn Talwind herrschte, um ganz sicher zu gehen.

Aber er wusste jetzt schon, dass hier eigentlich der richtige Platz wäre. Lächelnd stieg er wieder auf seinen Trecker und startete den Motor. Auf seinem Heimweg wurde das Lächeln zu einem Grinsen, als er über den Artikel in der Eifel-Zeitung nachdachte, den er heute morgen beim Frühstück gelesen hatte: »Neue Windenergieparks in der Eifel geplant«.

Bolsdorf, heute

Die helle Stimme rief »Juule« dann lauter, »Juuuulchen«.

»*Och nööö*«, dachte ich, »*wenn sie jetzt auch noch …*«

Und mit hellerer Stimme: »Mullemaauuus«. Die beiden Kater, mit denen ich zusammenstand, grinsten nur breit. Ich verdrehte die Augen.

Bevor es vor denen noch peinlicher wird, trabe ich lieber nach Hause. Ich ließ Tomtom und Lucky, die beiden Nachbarkater, stehen und pflügte von dem Hügel Pees runter in kurzen Sprüngen durch das hoch gewachsene Gras.

Mit jedem Sprung tauchten Dächer und Kirchturmspitze von Bolsdorf kurz über den Grashalmen auf. Am Rande des Feldweges hörte ich immer noch das Kichern der beiden Kater hinter mir.

»*Das kriege ich bis zum Sanktnimmerleinstag unter die Barthaare geschmiert, wetten? Und morgen wissen es alle Dorfkatzen. Wetten?*«

Liebe Tiere haben viele Namen, heißt es im Volksmund. Wenn das so ist, muss ich ganz besonders beliebt sein, denn ich werde von meinen Menschen mit gut einem Dutzend verschiedener Namen gerufen und nicht alle sind schmeichelhaft, und »Mullemaus« ist mit Sicherheit nicht medientauglich. Schade, dass wir unsere Wunschnamen nicht den Menschen mitteilen können. Um wie viel fantasievoller hatte sich doch T. S. Eliot[1] Gedanken um die Nöte einer Katze mit ihrem Rufnahmen gemacht.

Nun, der Name Jule mochte gerade noch angehen für eine stämmige Vertreterin der Europäisch Kurzhaar aus der Eifel.

Ich trug eine getigerte Felldecke auf Rücken und Kopf; Bauch, Brust und Beine waren samtweiches Weiß, ein dunkler Farbfleck auf einem Hinterbein, und das Köpfchen weiß bis zur Stirn.

Einigen Kummer verursachte mir ein dunkler Farbfleck mitten auf meiner Nase und meiner Schnüss, was mir ständig das Aussehen gab, als wenn ich im angeheiterten Zustand vor einen Laternenpfahl gelaufen wäre.

Es gab ja Menschen, die das drollig fanden und es daher als Auswahlkriterium zwischen mir und meinen Geschwistern ansahen. Hellgrüne Augen, rund und leicht schräg gestellt, mit einem schwarzen Rand, rundeten das Gesamtbild vollendet ab.

»*Wenn man mich wenigstens Julia oder Juliette genannt hätte*«, dachte ich frustriert.

Ich erreichte die Bauerngärten, die zum Dorfrand gehören und zwängte mich unter dem Holzzaun durch auf eine Obstbaumwiese. Von dort aus konnte ich auf kürzestem Weg in den Garten nach Hause traben. Ein typischer Eifeler Bauerngarten, arbeitsreich und liebevoll gepflegt mit Kartoffeln, Gemüsen, Johannisbeeren, vielen Kräutern und Blumen.

»*Strafe muss sein*«, dachte ich und stiefelte mit hoch erhobenem Schwanz durch das Salatbeet auf die offene Terrassentüre zu. In der großen Küche herrschte das übliche Durcheinander zur Mittagsstunde.

Meine beiden Versorger wuselten, um das Essen fertig zu bekommen. Die eine, Marieke, groß, blond, weiblich stand am Herd und hantierte mit drei Töpfen gleichzeitig, der andere, Jonas, männlich oben ohne Fell, deckte den Tisch.

Ich begrüßte Oma mit einem Nasenstüber, strich um ihre Beine herum und prompt streichelte eine faltige Hand sachte meinen Rücken.

»Na, Mullemaus«, kam die Begrüßung vom Herd, »wo hast du dich denn schon wieder die ganze Nacht herumgetrieben?«

Ich sprang auf die Ofenbank und begann, mich ostentativ zu putzen. So blöden Bemerkungen dreht man selbstverständlich den Rücken zu. Ich wartete eigentlich nur auf mein Futter.

Nach meiner ausgiebigen Fellpflege sprang ich von der Bank runter und stellte mich vor meinen Futternapf. Angelegentlich sah ich ihn und Brekkiesverteilerin Marieke an.

Sie reagierte inzwischen schon sehr gut auf meine hellgrünen Blicke. Ich konnte mich also noch vor den Menschen über mein Futter hermachen. Schritte näherten sich der Terrasse und am Tempo erkannte ich Jonas' Bruder Ludwig, wie immer in Eile. Ein allgemeines Hallo entbrannte und jeder wurde begrüßt, als wenn man sich jahrelang nicht gesehen hatte. Eifeler Familie halt. Meine Menschen saßen jetzt endlich um den Tisch herum, verteilten das Essen und unterhielten sich fröhlich und lautstark.

Ich sprang wieder auf meinem Stammplatz und setzte die Putzaktion in aller Ruhe fort.

»Jon, kannst du dich noch an den Kalli Vogel aus Zilsdorf erinnern? Hast du nicht für den mal gearbeitet?«, fragte Ludwig.

»Hmmm, dem hab ich ne neue Küche eingebaut«, sagte Jonas, der Handwerker. »Warum?«

»Der soll tot sein. Muss schlimm aussehen, die Polizei weiß noch nicht, ob das ein Unfall war. Es soll da ein paar Ungereimtheiten geben. Kann sein, dass der auch erschlagen wurde.«

Ein erschrockenes Oh und Auweia war um den Tisch zu hören. Für einen kurzen Augenblick verstummten die Essgeräusche. Auch ich hielt mit meinem Putzen inne.

Bei dem Namen Karl-Heinz Vogel hatte ich schon die Ohren gespitzt. *»Ich kannte den Toten!«* Er hatte mir einmal das Leben gerettet. Wort für Wort folgte ich gespannt der Unterhaltung.

»Der wurde gestern in der Scheune gefunden mit eingeschlagenem Schädel«, erzählte Ludwig weiter. »Die Kripo war den ganzen Nachmittag da und die Spurensuche. Sie befragen alle Nachbarn und die Familie. Aber von da scheint es keinen Hinweis zu geben, was oder warum das passiert ist. Ich wurde angerufen wegen der Lebensversicherung, die er bei uns hat. Die Frau steht noch unter Schock. Er soll ein riesiges Loch im Kopf haben. So groß wie ne Faust, dass schon Gehirnmasse raus tritt. Sieht bestimmt schrecklich aus.«

»Was ist das denn für eine Unterhaltung beim Mittagessen?«, schimpfte Oma, sichtlich verärgert.

»Tschuldige Mutter«, kam es von Ludwig mit roten Ohren zurück. Für eine Weile war nur das Klappern von Bestecken und Geschirr zu hören, dann nahm Jonas den Faden wieder auf.

»Hatte der nicht das Stück Land gehabt, wo jetzt die Windräder drauf stehen?«

Ludwig sah mit vollem Mund auf und sagte: »Schtimmt. Der musch gut dran verdient ham.«

Die beiden Menschenbrüder unterhielten sich noch eine Weile darüber, wie die Windräder vor ein paar Jahren nach Walsdorf gekommen waren.

Die Nachricht hatte damals eingeschlagen wie eine Bombe. Die Vertreter der Gemeinden Walsdorf und Zilsdorf waren dem Investor, der Eifel-Energie-Agentur GmbH aus Aachen, nicht gerade um den Hals gefallen, als das Projekt begann. Vom Landratsamt waren die Windräder durchgeboxt worden, zumal ein nennenswerter Protest ausgeblieben war. Das war dem Gemeinderat etwas sauer aufgestoßen.

Die Zustimmung der Bevölkerung für alternative Energiegewinnungsanlagen aber war gewachsen und es kam hinzu, dass sich die meisten Bewohner beider Dörfer nicht von den Windrädern belästigt fühlten. Nur der Anblick der drei »Spargel« war gewöhnungsbedürftig.

Aus dem lebenslustigen und gern gesehenen Bauern Kalli Vogel hatten sie jedenfalls in kurzer Zeit einen Mann gemacht, der sich keine schlaflosen Nächte mehr wegen der Milchpreise oder Futterkosten machen musste.

Ich lag zusammengerollt auf der Bank und die Kaminwand wärmte mir den Rücken. Meine Menschen sahen nur das friedliche Bild einer Katze beim Mittagsdösen. Sie wissen nichts von unseren Träumen und Gedanken, auch nichts davon, wie viel wir von ihrer Welt mitkriegen und sogar verstehen.

Wenn sie es wüssten, wären die Menschen bestimmt viel zurückhaltender in unserer Gegenwart. Zumal wir den Vorteil von hoch spezialisierten Sinnesorganen haben, die ihresgleichen suchen. Wir können auch leise geführte Unterhaltungen durch die Wohnzimmerdecke belauschen.

Im Moment lauschte ich allerdings dem Tischgespräch der beiden Brüder, die sich weiterhin über die Windräder in Walsdorf unterhielten.

Mit halb geschlossenen Augen wanderte ich in meinen Erinnerungen zurück in die Zeit, als ich noch ein kleines Kätzchen in Walsdorf war.

Geboren wurde ich in der Scheune auf einem Bauernhof am Rande des Dorfes. Meine Kinderstube war ein Stapel alter Kartoffelsäcke, versteckt hinter etlichen Gerätschaften.

Meine Mutter war eine dunkel gestreifte, sehr energische Katzendame mit einem auffälligen Büschel Pinselhaaren an den Ohren. Ein Erbe, das sie an ihre fünf Kinder weitergegeben hat. Sie hatte schon einige Katzenjunge bekommen und machte sich daher keinen Stress mehr mit pädagogischen Erziehungstheorien und übergroßer Vorsicht.

Stattdessen war sie eine gefürchtete, weil sehr erfolgreiche, Mäusefängerin und häufig unterwegs. Und sie brachte uns ihr Handwerk schon früh bei. Meine Geschwister und ich bildeten eine wilde Bande von Heupiraten.

Nebenan, nur durch eine offene Türe abgeteilt, war der Kuhstall, es war immer warm hier und roch stark nach Silo und Kühen.

So jagten und tobten wir meistens zwischen Geräten, Strohballen und Kühen hin und her, ärgerten draußen den einfältigen Hofhund und wenn wir Hunger und Durst hatten, fanden wir im Kuhstall immer eine Plastikschüssel mit frischer Milch und Resten der Menschenmahlzeit.

Wir waren schon immer sehr neugierig und kundschafteten schon früh die nähere Umgebung aus. Eines Tages hatte ich mich mit zwei meiner Geschwister ziemlich weit von der Scheune entfernt. Wir waren über die Obstwiese in Richtung der Felder gelaufen.

Am Rand des Feldweges konnten wir endlos weit in die Eifellandschaft sehen. Vor uns breitete sich das hügelige Vulkanpanorama bis zur Ruine der Kasselburg in weiter Ferne aus. Von der Sonne beschienen, leuchteten grüne Wiesen und knallgelbe Rapsfelder eingerahmt von den dunkelgrünen Flächen der Wälder. In der Nähe hörten wir das Tuckern eines Treckers.

Auf der Wiese gegenüber dem Weg standen ein Stapel Europaletten und eine große Zinkwanne. *»Das wäre das richtige Arrangement für ein Eroberungsspiel«*, dachten wir uns, ich und mein Bruder oben auf dem Stapel würden die Anlage wie eine Burg verteidigen gegen den Ansturm der anderen. So hangelte ich mich mit Krallen und Klettern die Paletten rauf, mein schwarzer Bruder hinterher und oben angekommen, sah ich, dass die Wanne voll war mit Wasser. Ein wenig mulmig war mir schon als ich vorsichtig den Wannenrand entlang balancierte.

Natürlich passierte genau das, was jeder hätte voraussehen können: Ich verlor das Gleichgewicht (obwohl wir Katzen doch gerade darin so ausgezeichnet sein sollen) und rutschte prompt in das Wasser hinein.

Prustend und wild um mich strampelnd kam ich immer wieder an die Oberfläche und schnappte verzweifelt nach Luft. Ich hörte noch meinen Bruder erschrokken fauchen.

Vergeblich versuchte ich mit meinen spitzen kleinen Krallen Halt an der glatten Zinkwanne zu finden. Meine Verzweiflung wuchs ins Unermessliche, weil ich mich nirgendwo festhalten konnte. Immer mehr Wasser drang beim Luftholen mit in meine Lungen ein und ich würgte und hustete in Panik.

Ich glaubte wirklich schon, das wars, mit gerade mal drei Monaten wegen Übermut und Dummheit verschieden. Mein Herz raste wie verrückt. Ich bekam schon keine Luft mehr und mir wurde ganz schwummrig vor Augen. Da wurde ich am Nackenfell gepackt und in die Höhe gezogen. Blinzelnd und hustend sah ich in ein riesiges Gesicht mit roten Haaren und lachenden blauen Augen. »Na du, ich dachte immer, Katzen wären wasserscheu?«, lachte der Riese.

»Jetzt bin ich es auf jeden Fall«, fauchte ich und war völlig erschöpft. Meine Glieder fühlten sich bleischwer

an und ich ließ mich einfach hängen. Der Riese legte mich in seine tellergroße Hand und ging zu seinem tuckerndem, grünen Trecker rüber. Ich spukte und hustete immer noch und zitterte am ganzen Körper.

Meine tapferen beiden Brüder hatten sich natürlich bereits aus dem Staub gemacht. Der Riese kletterte auf seinen Trecker, bettete mich vorsichtig auf seinen Schoß und deckte seinen Pullover über mich.

Ich hatte es nun warm und dunkel und um mich zu beruhigen, fing ich das Schnurren an. Dann fuhr er an und brachte mich nach Hause.

Mit einem Ruck kam der Trecker zum Stehen und ich wurde aus dem Pullover ausgewickelt. Der Riese kletterte vom Bock runter und ging auf die Bäuerin meines Zuhauses zu.

»Ich hab hier ne kleine nasse Pelzratte aus eurer Tränke gefischt, Kathi. Gehört die zu eurem Wurf?«

»Daach Karl-Heinz. Kann eigentlich nicht sein, wir haben nur trockene Kätzcher. Lass mal sehen«, sagte sie und nahm mich in ihre beiden Hände.

Ich sah nun in ein anderes Gesicht, dass mir aber schon vertraut war. Kurze, braune Haare, warme braungrüne Augen und eine Haut, die viel von frischer Luft und Sonne erzählte.

»Naaaa? So klein und schon ein Rumtreiber? Weißdeine Mutter eigentlich, wo du steckst?«, fragte Bäuerin Kathi.

»*Ach herrje*«, dachte ich und mir sank erneut der Mut auf den Tiefstpunkt, »*das gibt Ärger.*« Ich ließ ein lang gezogenes, klägliches Miauen hören, vielleicht kann ich wenigstens bei den Menschen etwas Mitgefühl herausschlagen. Das war der zweite Fehler, denn sofort kam meine Mutter lautstark keckernd und miauend um die Ecke geschossen.

Die Bäuerin Kathi ließ mich zu Boden und meine Mutter kam sofort zu mir gelaufen, schnüffelte nervös und leckte mich überall ab. Dann packte sie mich am Nackenfell und schleifte mich zur Scheune.

Es war megapeinlich, mit drei Monaten noch getragen zu werden. Unterwegs stieß sie dabei hektische Gurrlaute aus. Der Riese lachte schallend über die Szene.

»Ich danke dir, Karl-Heinz, dass du uns das Kätzchen zurückgebracht hast. In dieser Woche sollte es nämlich von meinem Schwager und seiner Frau abgeholt werden, die es sich ausgesucht haben. Kann ich dir was anbieten, ein Bier oder nen Schnaps?«

»Da sag ich bestimmt nicht nein zu. Wo ist denn dein Mann?«, fragte der Riese.

»Der sitzt drinnen in der Küch. Komm einfach mit«, lud die Bäuerin-Kathi meinen Retter Karl-Heinz Vogel ein.

Im Stall waren natürlich alle meine Geschwister aufgelaufen, die von Mutters Lauten alarmiert waren und sahen meinem traurigen Einzug zu. Mutter hatte mich zwischen ihren Vorderpfoten eingeklemmt und putzte mir wild und rau das Fell, bis es wieder sauber war.

Ich sah unglücklich meine beiden Brüder an und murmelte leise: *»Feiglinge«*, was mir einen zusätzlichen Klaps auf den Kopf einbrachte. Langsam ließ die Anspannung von mir ab, das Schnurren, das ich jetzt von mir gab, diente nur meinem Wohlbefinden. Ich war so fix und fertig, dass ich mich in der offenen Scheunentüre zusammenrollte und einschlief.

Das Geräusch eines startenden Motors weckte mich nach einer Weile auf und ich sah meinen Lebensretter noch einmal. Er lachte mir zu und winkte, dann fuhr Karl-Heinz Vogel vom Hof.

Leider sah ich ihn nie wieder, denn ein paar Tage später bekam ich ein neues Zuhause – ich zog nach Bolsdorf.

Aachen

»Haben Sie den Vertrag dabei?«, fragte Dr. Manfred Rosenstock, ein eleganter Rechtsanwalt aus Köln, den Geschäftsführer der Eifel-Energie-Agentur GmbH mit Sitz in Aachen, Jan Benneke.

Der reichte ihm über die gefrostete Glasplatte seines Schreibtischs hinweg einen Ordner und Rechtsanwalt Rosenstock blätterte in den umfangreichen Seiten auf der Suche nach einem bestimmten Paragraphen. »Wann ist das denn passiert?«, fragte er, während er weiter blätterte.

»Gestern Mittag ist er gefunden worden in seiner eigenen Scheune«, sagte Jan Benneke. Er hatte zunächst unterwegs im Autoradio bei RPR 1 von dem Tod Karl-Heinz Vogels aus der Eifel erfahren und heute Morgen die Meldungen in der Zeitung gelesen. In der Zwischenzeit hatte Jan Benneke ungefähr ein Dutzend Telefonate geführt und wusste genau so viel wie die Kriminalpolizei.

Der Geschäftsmann hatte schon früh gelernt, dass nichts im Business so wertvoll war wie Informationen. Wissen bedeutet Macht und im heutigen Kontext ist Wissen Geld. Schon als BWL-Student hatte er ein Netzwerk an vorteilhaften Kontakten geknüpft, das er pflegte und ständig erweiterte und von dem er immer wieder profitierte, da seine ehemaligen Kommilitonen inzwischen weltweit zerstreut tätig waren.

Unter anderem beispielsweise in Brüssel bei der EU. Oder in Düsseldorf und Mainz bei den jeweiligen Landesregierungen, bei Großbanken, Werbeagenturen, Wirtschaftsverbänden und der Industrie.

Nach ein paar Jahren Volontariat bei Unternehmen in Europa und den USA war er vor zehn Jahren in den wachsenden Markt der neuen Energien eingestiegen, er hatte eine kleine Firma aufgekauft, die Windkraftanlagen im Erftkreis herstellte, und aus der verträumten Öko-Klitsche einen modernen Energieproduzenten gemacht, der mit eigenen Windparks im Westen Deutschlands mittlerweile an die Marktspitze avancierte.

»Hier steht es: ´Der Käufer verpflichtet sich, an den Verkäufer auf dessen Lebenszeit eine Leibrente in Höhe von blablabla Euro monatlich zu zahlen. Diese Leibrente wird durch Bestellung einer Reallast auf dem übergebenen Grundbesitz gesichert. Diese Rente gebührt dem Verkäufer auf seine Lebenszeit´« Dr. Rosenstock sah auf: »Und jetzt, wo er tot ist, gehört das Grundstück Ihnen.«

»Und seine Frau und vielleicht andere Erben?«, fragte Jan Benneke nervös weiter.

»Keine Chance! Dann hätte der Vogel besser keine Leibrente, sondern eine Zeitrente abgeschlossen, sagen wir mal zwanzig bis fünfundzwanzig Jahre, davon hätten noch die Erben profitiert. Jetzt gehen die leer aus.« Hinter seiner Brille blickten die graublauen Augen des

Rechtsanwaltes ausgesprochen zuversichtlich drein. Dr. iur. Manfred Rosenstock trug genau die richtige Mischung aus ergrauter Attraktivität und Distinktion zur Schau, die seinem Beruf so ungemein entgegenkam. Damit war er bestimmt der Schwarm aller Rechtspflegerinnen beim Kölner Landgericht.

»In der Zeitung schreiben sie, es war Totschlag«, sagte Jan Benneke zurückhaltend.

»Das ist wohl eher ein Problem der Polizei. Ihnen als Betreiber der Windkraft-Anlagen und zukünftig auch Eigentümer des Grundstücks kann es rechtlich gesehen egal sein, wie der Mann ums Leben gekommen ist.«

Der Rechtsanwalt setzte sich aufrecht und rückte seine Krawatte dezent zurecht. »Wir sollten dennoch so schnell wie möglich die Grundbuchumschreibung vornehmen lassen. Wenn Sie einverstanden sind, veranlasse ich das morgen.«

Jan Benneke nickte zustimmend.

»Dann steht ja auch der geplanten Erweiterung nichts mehr im Wege.«

Benneke lächelte grimmig. »Außer vielleicht das Gejammer der Bürgerinitiative. Hier sehen Sie sich das an.« Er kramte in den Unterlagen auf seinem Glastisch nach einem Fax und zitierte daraus: ».... 'Ergänzend schlagen wir vor, im Bebauungsplan festzulegen, dass nur getriebefreie Windkraftanlagen eingesetzt werden dürfen. Weiterhin regen wir an, die Anzahl der Windkraftanlagen aus Gründen der Sicherheit für den Verkehr auf der L 421 und den umliegenden Wirtschaftswegen zu reduzieren. Zudem bitten wir Sie, die Umgebung der geplanten Windkraftzone auf Brutplätze besonders artgeschützter Tiere, insbesondere Vögel, aber auch Fledermäuse, zu untersuchen; so soll es Brutplätze von Rotmilanen, Kiebitzen und/oder auch Weihen in der näheren Umgebung der Windkraftzone geben bzw. gegeben haben.

Abschließend regen wir an, die festgestellten Flugrichtungen der Wildgänse und Kraniche, die häufig auf den Ländereien zur Nahrungsaufnahme landen, zu berücksichtigen´«. Der Geschäftsführer der Eifel-Energie-Agentur GmbH legte das Fax wieder an die Seite und griff nach seiner Tasse Kaffee.

»Was solls. Im Moment ist ohnehin die große Unabhängigkeitsbewegung in der Politik am Zuge. Weg von wankelmütigen Energieimporten, vor allem aus Richtung Osten, hin zur Energieautonomie! Die Genehmigungen von zusätzlichen fünf Windrädern machen immer viel weniger Probleme als die Erstaufstellung eines einzigen.« Er trank einen Schluck und lehnte sich locker in seinem Chefsessel zurück.

Jan Benneke wirkte völlig unscheinbar, durchschnittliche Größe, durchschnittliches Allerweltsgesicht, nicht mal seine Augenfarbe konnte man näher bestimmen.

Eine Erscheinung, die jeder schnell wieder vergisst und die dadurch keine Revieraggression unter männlichen Geschäftspartnern aufkommen ließ. Bis manche von ihnen die Erfahrung machen mussten, dass sie Jan Benneke sträflich unterschätzt hatten.

Er betonte dieses Understatement noch durch seine Kleidung, sehr teuer, sehr solide, aber völlig unaufdringlich. Hinter dieser unauffälligen Fassade funktionierte eine gerissene Intelligenz, die einem Schachweltmeister zur Ehre gereicht hätte. »Schön, Dr. Rosenstock, Sie machen das morgen mit dem Grundbuch und ich schicke der Witwe einen Blumenkranz zur Kondolenz. Sind Sie mit dem Wagen gekommen oder soll unser Fahrer Sie zum Bahnhof bringen?« Benneke stand auf und begleitete den Rechtsanwalt bis zur Türe seines Büros.

Dr. Rosenstock verabschiedete sich. »Vielen Dank, zum Bahnhof bitte. Ich wollte nicht auf der Rückfahrt im Kölner Ring stecken bleiben.«

Jan Benneke gab noch die Anweisung an seine Sekretärin weiter und ging wieder zurück in sein Büro. Er sah sich in dem großen Raum um, die edlen, dunklen Möbel aus Mooreiche, Tische mit gefrosteten Glasplatten und Alurahmen, eine elfenbeinfarbene, bequeme Sitzecke.

Das Büro war sehr modern eingerichtet, natürlich ergänzt mit den dazu passenden modernen Gemälden an der Wand, gekauft von seiner Frau auf der Art Cologne vor zwei Jahren.

Benneke ging auf seinen Schreibtisch zu und nahm das mobile Telefon in die Hand. Er tippte auswendig eine Nummer ein mit der Vorwahl 065 und wartete auf das Freizeichen.

»Ja… «, meldete sich eine männliche Stimme.

»Jan hier. Wir machen weiter wie besprochen.«

»Ok«, sagte die Stimme, »ich halte dich auf dem Laufenden«, und legte auf.

Jan Benneke blickte nachdenklich aus dem Panoramafenster seines Büros. Aus Richtung Südosten kamen dicke Gewitterwolken auf Aachen zu.

Daun

In der Polizeiinspektion Daun saßen sie in einem ebenso zweckmäßig wie geschmacklos eingerichteten Besprechungsraum mit Stahlrahmenstühlen und einer verstaubten Yuccapalme um einen langen Tisch herum.

Kriminaloberkommissar Sigmund Wolf, fünfzig Jahre alt, Haare und Bart im Dienst ergraut, mit dem Charme und der Jovialität eines Teddybären.

Nur allzu oft hatten Verbrecher in der Vergangenheit seine scharfen Pranken dabei übersehen. Zu gerne spielte er den Gemütlichen und überließ seiner Partnerin Sybille bei Befragungen und Verhören die Rolle des Terriers.

Kriminalkommissarin Sybille Diesel lag knapp vier Zentimeter über der Mindestgröße für den Polizeieinsatz von 1,62 Meter, mit ewigen zehn Kilo Übergewicht, die dunklen Haare zu einem modischen Bob geschnitten und mit einem herben Zug um die schmalen Lippen.

Der Dritte im Bunde war Kriminalkommissaranwärter Kevin Leimann, jungenhaft und aufdringlich dynamisch.

Die Leitung für den Fall hatte Kriminalhauptkommissar Schüssler von der Kriminaldirektion Trier.

Sie diskutierten den Mord an Karl-Heinz Vogel. Die Spurensicherung hatte am Tatort stundenlang alle Hinweise aufgenommen und gesichert, eine Tatwaffe aber nicht gefunden. Die Obduktion hatte ergeben, dass Vogel mit einer Metallstange erschlagen wurde. Die Verletzungen am Kopf zeigten tiefe Einschläge, die Schädeldecke war mehrfach gebrochen und gesplittert und die Gehirnmasse massiv eingedrückt. Kleinste Farblackpartikel waren in der Masse gefunden worden.

»Da hat einer mit viel Kraft oder mit viel Wut zugeschlagen. Wir wissen jetzt nach der Untersuchung, dass es eine Metallstange war. Vielleicht so was wie ein Kuhfuß, ein Brecheisen. Ein solches haben wir aber nicht bei Vogel gefunden. Eigentlich schon merkwürdig, schließlich gehört das doch in jede Landwirtschaft. Also kann es sein eigenes gewesen sein und der Täter hat es vielleicht verschwinden lassen. Das würde bedeuten, der Täter hat es nicht unbedingt mitgebracht, hatte also vielleicht nicht geplant, Vogel umzubringen. Ich stelle mir vor, es gab einen Streit und spontan greift der Mörder zu dem Eisen und schlägt zu. Aber wenn es Streit gab, hat es vielleicht jemand gehört?«, fragte Kriminalhauptkommissar Schüssler in die Runde.

»Die Zeugenaussagen haben noch nicht viel ergeben. Der Hof liegt gut siebzig Meter abseits. Und hat eine hohe Umfassungsmauer, da hört man so schnell nichts.« KriminaloberkommissarWolf lehnte sich zurück und holte seine Zigaretten aus der Jackentasche. Er nahm eine Kippe aus der Schachtel und zündete sie an.

»Die Nachbarn sagen einhellig, dass der Vogel sehr beliebt war und viele Freunde hatte. Und er hat bei Festen immer kräftig mitgefeiert. Der Einzige, mit dem es mal Knatsch gegeben hatte, war vor Jahren ein Heinrich Huber aus dem Nachbardorf Walsdorf. Das soll wegen eines Landtauschs gewesen sein. Vogel hatte dabei das Feld bekommen, auf dem heute die Windräder stehen und jede Menge Kohle damit gemacht. Huber soll stinkwütend darüber gewesen sein und lauthals Krach geschlagen haben, bis rauf zum Landrat. Wie die Leute erzählt haben, ist es wohl zu einigen heftigen Auseinandersetzungen in der Öffentlichkeit gekommen, in der Kneipe, im Festzelt. Jedes Mal, wenn die zwei aufeinander trafen, gab es Streit.«

Kevin Leimann warf dazwischen: »Das ist aber schon ne Weile her. Wir sollten den Huber auf jeden Fall überprüfen.«

»Was ist mit der Familie?«, kam es von Schüssler.

»Auf den ersten Blick ganz normal. Die Ehefrau stammt auch aus dem Dorf, sie hat den Hof mit in die Ehe gebracht. Allzu viel Landwirtschaft wird wohl nicht mehr betrieben. Keine Menge Vieh mehr im Stall, auf der Weide stehen vielleicht noch vier bis sechs Kühe und ein paar Schafe, wohl eher zur Selbstversorgung oder Hobby. Selbst gemachter Schafskäse und so.

Die meiste Arbeit ist wohl nur noch der Anbau für die Biogasanlage oder der Silo zum Verkauf. Mit dem Geld von den Windrädern braucht die Frau auch nicht bei Lidl oder Aldi an der Kasse arbeiten zu gehen. Die beiden Kinder sind im Teenageralter, alle gehen sonntags in die Kirche, die Kinder sind Messdiener, die

Eltern bei der freiwilligen Feuerwehr und beim Karnevalsverein. Alles so typisch Eifeler, so fürchterlich normal«, schilderte Sybille Diesel.

»Tatsache ist, wir haben hier einen toten Mann mit einem riesigen Loch im Schädel. Man muss einen schon sehr hassen, um so zuschlagen zu können. Und er oder sie mussten dicht an den Mann herankommen, da nirgends Kampfspuren zu finden waren.

Ergo Karl-Heinz Vogel kannte seinen Mörder und hatte nicht den leisesten Verdacht, was auf ihn zukam. Das schließt Huber als Mörder fast schon wieder aus, denn einem, mit dem ich seit Jahren Streit habe, dreh ich doch nicht den Rücken zu«, fasste Wolf zusammen.

»Gibt es Hinweise auf Streit zwischen den Eheleuten?«, fragte Diesel.

»Nicht von den befragten Nachbarn. Alle beschreiben die Leute als ganz normale Familie, immer freundlich, und bei allen beliebt. The perfect family.«

»Das ist ja nicht zum Aushalten.« sagte Sybille Diesel zynisch.

Sie war achtunddreißig und ihre Ehe war in Endzeitstimmung, ein einziges Desaster. Seit einem Jahr hatte sie mit ihrem Mann kein Gespräch mehr geführt, das über die Aufteilung der Haushaltsaufgaben und die Einkaufsliste hinausging.

Sie häufte immer mehr Überstunden an, nur um ja nicht pünktlich nach Hause zu müssen, dann hätte sie sich ja mit ihrem Privatleben auseinandersetzen müssen. Dazu fehlte ihr die Kraft. So war es einfacher, spät abends die Wohnung in Trier aufzuschließen und duschen zu gehen, um dann wortlos ins Bett zu fallen.

Sigmund Wolf schilderte weiter: »Die Ehefrau und die Kinder waren zur ermittelten Tatzeit auch nicht zu Hause. Die Kinder hatten nach der Schule noch Sport gehabt und die Frau war in Hillesheim einkaufen, wo sie auch noch ihre Freundin getroffen hat. Allerdings ist man mit dem Auto in neun Minuten in Hillesheim.«

»So kommen wir nicht weiter, Leute. Wir fangen bei der Ehefrau und diesem Huber an«, kommandierte Kriminalhauptkommissar Schüssler. »Alles raus vor die Türe, Zeugen befragen, wo wer wann gewesen ist, Alibis von Zeugen bestätigen lassen, Kontoauszüge heranschaffen, die Steuererklärungen der letzten Jahre. Macht eure Hausaufgaben! Wir haben einen Toten und draußen läuft noch sein Mörder frei herum.« Damit hob er die Zusammenkunft auf und schickte alle aus dem hässlichen Besprechungsraum.

Bolsdorf

Erschrocken öffnete ich meine Augen und fand mich noch immer liegend auf der alten Ofenbank in der Küche, wo ich eingeschlafen war.

Ich hatte geträumt, ich wäre wieder im Wasser und strampelte gegen das Ertrinken an. Meine Krallen kratzten an dem glatten Wannenrand entlang und fanden keinen Halt. Ich hatte schon fast keine Luft mehr. Voller Panik wachte ich auf.

Es war jetzt sehr still im Haus, der Küchentisch war leer geräumt und die Blumenvase mit dem bunten Strauß Gartenblumen stand wieder auf der Wachstuchdecke. Die Spülmaschine surrte leise vor sich hin und aus dem Wohnzimmer nebenan hörte ich das gedämpfte Schnarchen von Oma im Mittagsschlaf.

Ich war ganz allein in der Küche. Langsam erhob ich mich und führte zunächst einmal mein Hallo-wach-Dehn- und-Streckprogramm durch. Noch ein paar Brekkies genascht und schon war ich durch die Katzenklappe. Ich dachte an den geheimnisvollen Tod von Karl-Heinz Vogel und hatte das zwingende Gefühl, etwas unternehmen zu müssen. Ich war schon immer extrem neugierig gewesen und fasziniert von Geheimnissen.

Zahlreiche Kratzer und Schrammen in der Vergangenheit hatten diesem Charakterzug schon Rechnung tragen müssen. Aber wenn es früher um Fuchsbauten oder Kellerzugänge ging, so war ein Mord doch eine ganz andere Klasse.

Ganz eindeutig brauchte ich jetzt einen guten Rat. Die Dorfautorität in Sachen Lebensweisheiten war die alte Kimba, eine fast achtzehn Jahre alte Schildpattkatze. Sie wohnte nahe beim Wald, an den der Eifelsteig[2] durch das Bolsdorfer Tälchen führte.

Auch wenn Kätzinnen meistens eher diplomatischen Umgang mit anderen Kätzinnen pflegen, entstehen auch unter uns Zicken schon mal Freundschaften. Und Kimba hatte mich unter ihre Fittiche genommen, als ich in Bolsdorf einzog.

So plötzlich von meiner Mutter und den Geschwistern getrennt, hatte ich viele Ängste ausgestanden, bevor ich mich an das neue Zuhause gewöhnt hatte. Von Kimba hatte ich viel gelernt und mit der Zeit war sie mir eine gute Freundin geworden.

Jetzt lief ich quer durch das Dorf, vorbei an der alten Margaretenkirche, eine schmale Gasse zwischen zwei Häusern den Hügel rauf. Von weitem sah ich Kimba schon auf dem Sitz eines alten verrosteten Mac Cormick liegen und in der Sonne dösen.

Ihr wild geschecktes, rotbraunes und schwarzes Fell war matt und an einigen Stellen war das Haar ganz ausgedünnt und man sah die ledrige Haut.

Sie blinzelte mit ihren Bernsteinaugen, als ich sie anrief. »*Warum bist du nicht der hübsche rote Bursche, von dem ich gerade geträumt habe?*«, gähnte sie verschlafen, ihre gelben Zähne waren lückenhaft und es fehlten die zwei oberen Reißzähne.

»*Weißt du überhaupt noch, wie es geht?*«, witzelte ich.

»*He, du Vorwitznase, es laufen gut hundert in der Gegend rum, die von mir abstammen. Ich kenne die Gebrauchsanweisung auswendig.*« Ächzend und stöhnend kam sie in die Senkrechte. Vorsichtig kletterte Kimba von dem alten Trecker runter. »*Gehen wir in den Schatten*«, sagte sie und schlich unter den Apfelbaum. »*Also, warum unterbrichst du so brutal meine schönsten Träume?*«

Ich ging neben ihr her. »*Erinnerst du dich, wie ich dir mal von meinem Badeunfall erzählt hatte? Bei dem ich fast ertrunken wäre? Der Mann, der mich damals aus dem Wasser gefischt hat, ist ermordet worden. Das habe ich heute Mittag gehört und es lässt mir keine Ruhe mehr.*«

Kimba dehnte und streckte sich und legte sich dann am Baumstamm ins Gras nieder. Ihre Bernsteinaugen glühten unter halb geschlossenen Lidern. »*Warum kommst du zu mir, wenn du eh schon beschlossen hast, nach Walsdorf zu trampen und dort die Miss Marple der Vulkaneifel zu geben. Willst du etwa meinen Segen für diesen Irrsinn?*«, funkelte Kimba mich an.

»*Nein*«, brummte ich verstimmt, »*ich dachte, du könntest mir nen Tipp geben, wie ich vorgehen soll, wenn ich überhaupt nach Walsdorf hin gelange?*«

»*Wenn ist schon mal ein guter Gedanke. Ich würd die Idee in die Tonne treten. Selbst auf direktem Weg durch die Felder ist das noch immer eine volle Tagestour bis dahin und dazwischen liegen zwei Landstraßen mit vielen großen Autos und eine Sandgrube mit vielen ganz großen Autos und ein Wald mit wilden Artgenossen und anderen Tieren, die nicht sehr gut auf uns zu sprechen sind. Für unsere Art ist das fast schon eine halbe Expedition.«* Kimba hatte sich in Rage geredet und mit ihrem gesträubten Fell und den offenen Hautflächen darin sah sie reichlich zerrupft aus.

»Na schön, ich werd erst abends los marschieren, dann sind schon mal nicht mehr so viele Autos unterwegs.« Ich wollte sie nicht weiter aufregen: *»Ich will eigentlich nur wissen, wie ich an Informationen zu dem Mord herankomme?«*

Im Augenblick war ich von meiner Entscheidung, nach Walsdorf zu wandern, noch gar nicht so richtig überzeugt, aber zugeben wollte ich das vor Kimba auch wieder nicht. Meine Neugierde war halt so unwiderstehlich groß.

Sie fing an, sich die Pfoten zu lecken und über ihren Kopf zu streichen. *»Dajö.«*, sagte sie nach einer Weile. *»Ich würd mal bei deiner Familie beginnen. Die sind doch im ganzen Dorf verstreut und hören alles von den Menschen. Frag erst mal bei denen rum, was die so mitgekriegt haben. Vielleicht kriegst du einen Hinweis, der dir weiterhilft. Alles Weitere findet sich dann.«*

»So weise bin ich auch schon, wie geht es aber weiter?« drängelte ich.

»Nutz aus, was wir sind«, sagte sie, *»sehr klein, sehr gelenkig und optisch und akustisch viel besser ausgestattet als ein Mensch; wir sehen, riechen und hören, was Menschen nicht sehen, riechen und hören können und wir*

schlüpfen überall dort durch, wo Menschen nicht durchpassen. Und – als Katze fällst du nicht auf! Du kannst beobachten und belauschen, wen und wo du willst. Wenn es mal heikel wird, dann setzt du dich einfach hin und machst harmlos Miau. Wahrscheinlich wirst du noch von dem Mörder gestreichelt.« Sie grinste mich zahnlos von der Seite an.

»Brrrr«, entfuhr es mir, *»alte Hexe.«*

»Danke. Ich kann dich auch gut leiden. Wann willst du mit dem Schwachsinn starten?«

»Heute Abend noch«, sagte ich entschlossener, als ich mich fühlte und erhob mich. *»Ich frag die Jungs nach dem Weg, die kommen doch ziemlich viel rum.«*

»Vielleicht solltest du ja einen Kater mitnehmen, so als Bodyguard oder so«, lachte Kimba.

»Hee, das wird keine Romantiktour.« Ich war schon ein paar Schritte weg.

»Hör mal Jule, pass bloß auf dich auf. Und bestell einen schönen Gruß an deine Mutter. Sie ist eine Nichte dritten oder ich-weiß-nicht-welchen Grades von mir«, rief sie noch.

»Typisch Eifel«, dachte ich wieder. *»Alle sind miteinander verwandt. Erst recht die Katzen.«*

Ich ging über die Obstwiese auf den Friedhofsweg zu und wendete mich dann nach links, runter zum alten Backes[3]. Hinter der Steinhütte trafen sich zum späten Nachmittag immer ein paar der Dorfkatzen. Hier hoffte ich auf einen Artgenossen mit weitläufigen Ortskenntnissen. Von weitem sah ich schon den schwarzweißen Tomtom, seinen getigerten Kumpel Lucky sowie den Dorfmacho, einen mächtigen Kartäuserkater mit

Namen Cäsar. Von den Mädels waren bisher zwei aufgetaucht, Sira, die elegante Thai mit den kobaltblauen Augen, auf die ich jedes Mal neidisch war und Musch, eine pechschwarze Hauskatze, eindeutig schwanger.

Als Tomtom aufsah und mich erblickte, wusste ich schon, was mich erwartete. *»Naaaa, Mullemaus«*, rief er und wollte sich ausschütten vor Lachen.

»Na, das hatte sich ja schnell herumgesprochen.«

Auch die anderen lachten, die Ladykatzen wenigstens etwas verhaltener. Ich seufzte, da musste ich nun durch.

»N´Abend Leute. Ich hab was Wichtiges in Walsdorf zu erledigen.« Am besten, ich fiel direkt mit der Tür ins Haus. *»Wer von euch weiß, wie ich dahin komme?«*

Ein wenig aus dem Konzept gebracht, sahen mich Tomtom und Lucky an. *»Was willst du denn so weit weg?«*, fragte Tomtom irritiert.

»Wie gesagt, was Wichtiges. Also, wie lange bin ich nach Walsdorf unterwegs und wie komme ich dahin?«, fragte ich in die Samtpfotenrunde. Ich blickte dabei vor allem die Kater auffordernd an, es ist ja bekannt, dass die viel größere Strecken streunen als wir Weibchen[4].

Der große Cäsar meldete sich nach einer Weile zu Wort. *»Das ist eine ziemlich weite Strecke. Ich bin die vor Jahren mal gelaufen. Da gehst du aber ein ziemliches Risiko ein.«*

»Spar dir die Predigt, die hat Kimba schon gehalten. Sag mir lieber die Wegbeschreibung.«

Cäsar setzte sich in Pose. *»Du marschierst erst mal Richtung Sonnenaufgang auf die schnelle Straße zu. Und pass bloß auf die Autos auf, wenn du die überquerst, die* *rasen da wie die Bekloppten. Dann den Berg rauf zur großen Sandgrube. An der gehst du rechts vorbei und hinten wieder runter, gerade durch die Felder, dann über eine weitere Straße, und in Richtung Wald. Am Rand des Waldes gehst du vorbei und siehst schon die Häuser von Walsdorf.*«

Tomtom stand auf und strich vertraulich um mich herum und schnurrte mir ins Ohr. »*Das ist ein gefährlicher Weg, Mädel. Soll ich dich vielleicht begleiten?*«

Ich sah Cäsar an, bedankte mich bei ihm und zu Tomtom gewandt blinzelte ich maliziös: »*Ich verlass mich doch nicht ausgerechnet auf dich, mein Lieber. Du verläufst dich doch schon auf dem Weg vom Fressnapf zum Katzenklo.*« Wenigstens hatte ich die Lacher jetzt mal auf meiner Seite.

Walsdorf, 24 Stunden später

Mühsam humpelte ich den Trampelpfad durch die Felder entlang auf die ersten Häuser von Walsdorf zu. Die Sonne stand schon tief und warf einen langen Schatten von mir auf den Weg. Mir war schwindelig vor Hunger und Müdigkeit und die Pfoten taten mir weh.

Ich war gestern am Spätnachmittag in Richtung Felder losmarschiert. Sobald ich ein freies Stück Feldweg oder Wiese vor mir hatte, schaltete ich den energiesparenden Trabschritt ein.

Ab und zu blieb ich abrupt stehen, wenn meine feinen Ohren ein unvertrautes Geräusch aufnahmen oder wenn meine Augen eine Bewegung in der Dunkelheit wahrnahmen. Bis zur Nacht hatte ich die Strecke zu den Sandgruben »Auf der Grauley« geschafft. Die riesige Lavahalde lag in der Dunkelheit wie eine gespenstige Mondlandschaft da. Die großen Bagger hatten den ehemaligen Bergkegel ausgehöhlt wie einen mit Karies befallenen Zahn. Es gab mehrere Halden mit Kies und Split in verschiedenen Größen. Das düstere Schwarzweißbild war mir zu unheimlich und ich sah zu, dass ich diese Ödnis so schnell wie möglich hinter mir ließ. Im herandämmernden Morgenlicht suchte ich mir unter einem großen Busch am Feldrand einen Unterschlupf, um mich ein wenig zu erholen.

Ich dachte noch kurz nach, ob ich auf Mäusejagd gehen sollte, da ich Hunger hatte, entschied mich aber dagegen, da es zu viel Zeit in Anspruch nehmen würde. Ich überlegte, ob ich einen Plan bräuchte, wenn ich mit meinen Ermittlungen beginnen würde. Das kam mir dann doch zu übertrieben vor, ich wusste ja noch nicht einmal, wo ich beginnen sollte.

Als die Sonne hoch stand, ging ich weiter. Von weitem sah ich schon den Wald, den Cäsar beschrieben hatte. Von da aus sollte es nicht mehr weit bis Walsdorf sein.

Eine so lange Strecke war ich noch nie vorher gelaufen. Ich versuchte mir selbst gut zuzureden und meine Reserven zu mobilisieren. Jetzt brauchte ich erst mal dringend was zu trinken und essen.

Die meisten Häuser in den Eifeldörfern haben zum Garten raus Terrassentüren und ebenfalls bei den meisten stehen in der Nähe der Türen Schalen oder Schüsselchen mit Essensresten vom Mittagstisch oder Abendbrot. Jede Katze in der Eifel weiß das und braucht sich daher nie Sorgen zu machen, sie würde verhungern, wenn es mal mit der Mäusejagd nicht so klappt.

Bei dem ersten Gebäude, das ich erreichte, hatte ich Pech – die Schale waren schon leer geputzt. Dafür stürzte ich mich wenigstens schon mal auf einen kleinen Zierbrunnen, der im Blumenbeet leise vor sich hinplätscherte und löschte meinen Durst.

Für den Augenblick erfrischt, schaute ich mich um und entschied dann, zu einem angrenzenden Gehöft zu gehen.

Ich schlich durch den Gartenzaun auf die Terrasse zu und seufzte vor Erleichterung, als ich dort zwei volle Schälchen erblickte.

Ausgehungert stürzte ich mich auf die Reste aus Milch, alter Wurst, Kartoffeln, Suppenresten und viel Soße und schlang fast alles hastig in mich hinein.

»Oh, ich wusste gar nicht, dass wir Gäste zum Dinner haben«, erklang es mit deutlicher Ironie hinter mir.

Erschrocken drehte ich mich um und sah in zwei funkelnde, hellgrüne Augen, die meinen nicht unähnlich waren.

Die Kätzin hatte ein glänzendes, dunkelbraun gestreiftes, fast schwarzes Fell, eine weiße Blesse auf der Nase und ein paar dichte Haarbüschel in den Ohren. Sie war ziemlich verärgert, die Ohren hatte sie seitlich gestellt und ihr Schwanz peitschte hin und her. Abwartend musterte sie mich eindringlich.

Plötzlich entspannte sich ihre Haltung und sie setzte sich ruhig hin. *»Wenn du mir sagst, wie alt du bist, dann kann ich dir sagen, ob ich deine Cousine oder deine Tante bin.«*

Mir fiel eine ganze Lkw-Ladung Steine vom Herzen. *»Heute muss mein Glückstag sein, da ich gleich an der richtigen Stelle stibitze. Bitte nicht böse sein, ich habe gerade einen Marathonmarsch hinter mich gebracht, von Bolsdorf bis hierher und war halb verhungert. Ich heiße Jule und bin eine Tochter von Pussy hier aus dem Dorf.«*

»Nun, das ist nicht zu übersehen«, sagte sie locker, und deutete auf die Puschelohren. *»Aber lass mir noch was übrig, ich hab eine kleine Rasselbande zu versorgen.«*

Erst jetzt sah ich, dass mich aus der offenen Holztüre eines Anbaus acht blinkende Knopfaugen erstaunt anblickten.

»Jetzt bitte nicht ›Oh, wie süüüüüüß‹ sagen. Ich kanns nicht mehr hören. Ich werd übrigens Nicki gerufen.« Sie trat näher an mich heran und beschnüffelte mich von allen Seiten. Dann rief Nicki nach ihren Kätzchen.

Zögerlich kamen die vier eines nach dem anderen aus dem Anbau auf die Mutter zu. Zwei der Kleinen waren so dunkel wie ihre Mutter, die beiden anderen hatten ein getigertes Fell, und alle zusammen waren so plüschig, wie frisch aus dem Wäschetrockner gehüpft.

Sie machten misstrauisch einen großen Bogen um mich herum und maunzten mit ihren hellen Stimmchen aufgeregt. Nicki führte sie zu den Futterschalen und sie pflügten ihre kleinen Mäulchen in die Soße und die Milch, bis sie über beide Ohren bekleckert waren. Auch Nicki fing an zu fressen, bewegte ihre Ohren aber ständig wie einen Radar hin und her.

Zwischen zwei Happen fragte sie: *»Was machst Du eigentlich hier, Cousine? Gefällt es dir zu Hause nicht mehr?«*

»Oh doch«, sagte ich und dann erzählte ich, warum ich mich auf dem langen Weg nach Walsdorf gemacht hatte.

Nach dem großen Fressen schleckte die Katzenmama die Gesichter der Kleinen sauber und versuchte dann, die muntere Schar halbwegs geordnet wieder in

Richtung Anbau zu bugsieren. »*Warte einen Augenblick. Ich bring die Kleinen ins Nachtlager und dann können wir los*«, forderte mich Nicki auf.

Ich ging der Familie neugierig hinterher und betrat einen Schuppen mit allerhand Gartengeräten, Schubkarren, Rasenmäher, gestapelten Blumentöpfen und Werkzeug. In einer dunklen Ecke stand ein großer Bananenkarton mit einer dicken Lage Heu drin. Nicki packte das nächststehende Kätzchen am Nackenfell und setzte es kurzerhand im Karton ab, das Protestgeschrei dabei überhörend. Dann kam das nächste an die Reihe.

Es dauerte ein paar Minuten, bis sie alle ihre Jungen im Karton beisammen hatte, das Betteln um Verlängerung der Spielstunde abgelehnt und unter Androhung von Strafe sofortige Ruhe eingefordert hatte.

»*Es ist überall das Gleiche*«, dachte ich lächelnd.

Ein wenig aus der Puste kam meine Cousine auf mich zu und wir gingen aus dem Schuppen raus. »*Pänz!*«, ächzte sie und holte tief Luft.

»*Ich bring dich jetzt zu Tante Pussy und den übrigen aus der Familie. Dieser Mord ist in unserer Gegend das Gespräch des Tages und ich kann mir vorstellen, dass die schon allerhand gehört haben. Wir haben es nicht sehr weit.*«

Eingedenk meiner wunden Pfoten war das schon mal die gute Nachricht. Wir wanderten ein gutes Stück den Straßengraben entlang und bogen dann ab auf einen gepflasterten Platz mit mehreren Häusern ringsherum. Mein Herz klopfte aufgeregt, als ich einen vertrauten Geruch wahrnahm. Es war nicht mehr weit!

Wir überquerten im Eiltempo den Platz und ich erkannte eine Gasse, die zu meinem früheren Zuhause führte. Das letzte Stück lief ich die Gasse rauf, egal was meine Pfoten davon halten wollten. Ich war rasend aufgeregt. Ich wusste, am Ende der Gasse lag der Bauernhof, auf dem ich geboren wurde.

»Mach langsam«, rief Nicki hinter mir. *»Stoooopp! Die haben einen neuen Hund. Der alte ist im letzten Winter gestorben. Der jetzt da ist, ist noch recht jung und kennt dich nicht.«* Unwillig bremste ich ab. *»Lass mich besser vorgehen.«*

Wir gingen die Giebelwand der Scheune entlang und ich ließ Nicki an der Ecke erst mal die Lage peilen, bevor wir den Hof betraten. Kein Hund in Sicht, dem Himmel sei Dank. Mein Herz vollführte einen Stepptanz, als ich meine Mama in der offenen Scheunentüre sitzen sah. Die letzten Sonnenstrahlen ließen ihr Fell kastanienbraun strahlen.

Sie sah uns erstaunt entgegen, als wir zu ihr traten und sie mit Nasenstübern begrüßten. Intensiv beschnüffelte sie mich. Dann schüttelte sie den Kopf.

»Tochter, du hast dich nicht verändert. Immer noch dieselbe Rumtreiberin wie früher, was?« Sie lächelte und ihre hellgrünen Augen glänzten übermäßig. Aus dem Hintergrund tauchte die ältere Schwester meiner Mutter, meine Tante Minka, auf. Sie war Nickis Mama und wurde von ihr zärtlich begrüßt.

Ich war schier überwältigt von der Flut der vertrauten Gerüche, der Geräusche, die ich nach und nach wieder erkannte und der Ansichten, an die ich mich im Großen und Ganzen erinnerte und doch vieles neu entdeckte. Es war ein frohes Wiedersehen, ich war so aufgeregt, dass es mich am ganzen Fell kribbelte.

Wir suchten uns in der Scheune einen ruhigen Platz, dann erfolgte ein Update der Familiengeschichte der letzten zwei Jahre. Meine Mutter staunte nicht schlecht, als ich ihr Grüße von Kimba überbrachte. Sie hatte nicht damit gerechnet, dass ihre Urgroßtante noch lebte.

Der Schattenriss eines großen, starken Katers zeichnete sich gegen das Dämmerlicht in der offenen Scheunentüre ab. Das pechschwarze Ungetüm setzte sich in Bewegung und kam langsam auf unsere Gruppe zu. Für einen Augenblick war ich mir nicht sicher, aber dann erkannte ich meinen Wurfbruder wieder. *»Immerhin bist du diesmal in trockenem Zustand nach Hause gekommen«*, grinste er.

»Ja, ich freu mich auch, dich zu sehen, du Niete«, lachte ich zurück und wir rieben unsere Nasen aneinander.

Man hatte ihm den Namen Black Jack verpasst, wegen seines Fells, aber er wurde von den meisten Jacky gerufen. Alle sahen mich neugierig auffordernd an. Dass ich plötzlich wieder aufgetaucht war, musste seinen Grund haben, das wussten sie. Zum zweiten Mal an diesem Tag erzählte ich von dem Mord an meinem Lebensretter und warum ich hierher gekommen war.

»Mehr weiß ich leider auch nicht«, sagte ich. *»Ich hab gehofft, bei euch Informationen zu bekommen, die mich auf die richtige Spur zu seinem Mörder bringen können.«*

»Nun, wir haben alle davon gehört«, meinte Tante Minka. *»Es wird über nichts anderes mehr im Dorf geredet. Trotzdem wird das nicht einfach werden, was du*

dir da vorgenommen hast. Wenigstens ist unsere Verwandtschaft in bald jedem dritten Haus hier in der Gegend vertreten. Da wird das ein oder andere Spitzohr schon was mitgekriegt haben.«

»Wer kommt nur auf eine so grausame Idee«, meinte meine Cousine Nicki, *»wenn ich mich richtig an den Mann erinnere, war der doch überall gern gesehen.«*

»Nicht bei allen!«, überlegte Pussy. *»Ich hab mal bei einer Jagd draußen auf den Feldern einen handfesten Streit mitgekriegt. Ein kleiner wilder Mann, ziemlich runtergekommen, fährt immer mit so einem alten, roten Trecker rum, und der Tote hatten sich lautstark angeschrien. Es ging um irgend ein Stück Land. Der Kleine schrie dauernd ›Ich brauche das Geld!‹ und ›Das bist du mir schuldig!‹«*

Black Jack horchte auf. *»Du meinst vielleicht den Huber? Da ist nämlich vorhin die Polizei auf den Hof gefahren, hab ich zufällig gesehen. Wenn der schon Streit mit dem Toten hatte, hat der vielleicht auch was mit dem Mord zu tun.«* Mein Bruder Jacky warf sich richtig in die Brust. *»Wahrscheinlich verhören sie den gerade.«*

»Echt?«, rief ich aus. *»Wo war das? Kannst du mir das sofort zeigen? Vielleicht kriegen wir ja noch was mit.«*

Heinrich Hubers Hof

Es war völlig dunkel, als wir den Bauernhof erreichten. Wir hatten uns sehr schnell von den anderen verabschiedet und waren am östlichen Rand von Walsdorf entlang gerannt, bis wir zu dem Gehöft kamen. Der Innenhof wurde nur mäßig von einem einzelnen Strahler erhellt.

Um das Geviert des Innenhofes herum waren das Wohnhaus, die Stallungen und die große Scheune angeordnet. Es gab noch einen kleinen Garten mit einem schiefen Apfelbaum, der sich an die Giebelwand der Scheune lehnte.

Es war ein alter Hof und schien seine allerbesten Jahre hinter sich zu haben. Seit langem war hier nicht mehr renoviert worden, der Garten war verwildert und insgesamt machte das Anwesen einen heruntergekommenen Eindruck.

Ein großes blausilbernes Polizeiauto stand im Hof. In der Scheune brannte noch Licht und im Wohnhaus waren im Erdgeschoss ein paar Fenster erhellt. Ein Fenster war auf Kipp gestellt. Darunter stand eine alte

Holzbank mit abblätternder Farbe. Wir sprangen beide die Bank hoch und hoben unsere neugierigen Nasen vorsichtig über den Fensterrahmen.

Wir sahen in eine ziemlich verwohnte Küche. Das Muster der vergilbten Tapete war kaum noch zu erkennen. Die Resopalfront der Küchenzeile war nur mit einigem Wohlwollen als praktisch oder zeitlos zu beschreiben. An vielen Kanten blätterte der Umleimer ab. Ein paar Türen der Oberschränke hingen schief in ihren Scharnieren. Auf dem Küchentisch lag eine flekkige Wachstuchdecke. Die trostlose Szene wurde von einer Lampenschale an der Decke beleuchtet.

Es waren drei Menschen im Raum, zwei Männer saßen am Küchentisch und eine Frau stand gegen die Küchenzeile gelehnt.

»Der Verstrubbelte da rechts ist Huber«, flüsterte mir mein Bruder zu. *»Die anderen kenn ich nicht, sind aber bestimmt die Bullen.«*

»... woher soll ich denn wissen, ob mich einer bei der Arbeit gestern gesehen hat«, sagte Heinrich Huber angenervt. Der dichte Haarschopf war von einigen weißen Haaren durchzogen. Um seinen Mund hatten sich tiefe Falten eingegraben. »Ich bin den ganzen Tag auf meinen Feldern gewesen. Es ist schlecht Wetter angesagt für die nächsten Tage und ich muss zusehen, dass ich im Trockenen das Heu reinkriege. Ich kann es mir nicht leisten, dass das Heu feucht wird und verfault. Wenn Sie so wollen, dann fahren Sie hin und schauen es sich selbst an. Das schaffen Sie nicht, wenn Sie zwischendurch auch noch durch die Gegend fahren und Leute umbringen.« Hubers lahmer Versuch, witzig zu sein, verpuffte ins Leere, er griff zu einer Flasche Stubbi und trank einen langen Schluck.

Kriminaloberkommissar Wolf beugte sich ein wenig nach vorne, fingerte eine Zigarette aus der Schachtel und zündete sie sich an. »Was war das für ein Streit zwischen Ihnen und Karl-Heinz Vogel gewesen?«, fragte er und nahm einen tiefen Zug.

Huber trank noch einen Schluck Bier und sagte: »Es ging um ein Stück Land, da wo heute die Windräder drauf stehen. Das hatte mir mal gehört.«

»Ein bisschen genauer bitte«, mahnte Kommissarin Diesel bissig.

»Ich hatte damals bei der Landreform das Feld an den Bunkern zugewiesen bekommen und wollte es nicht haben. Kalli Vogel hatte sich bereit erklärt, mit mir Land zu tauschen. Ein Jahr später wurden dann plötzlich Windräder aufgestellt und ich dachte, mich trifft der Schlag. Vogel kassiert seitdem die dicke Kohle und macht sich nicht mehr den Buckel krumm.

Und ich hab die letzten Jahre nur noch Pech gehabt. Viele teure Reparaturen und dann wurde auch noch meine Frau krank, an Krebs. Letztes Jahr ist sie dann gestorben. Ich steh hier alleine und komme einfach auf keinen Nenner mehr. Klar war ich sauer auf Kalli, aber ich würde niemals einen Menschen töten, das ist Sünde.« Den letzten Satz sagte er mit Nachdruck und sah Wolf dabei eindringlich an, als hoffe er, den Polizisten damit zu überzeugen. Aber die Augen von Kriminaloberkommissar Sigmund Wolf gaben nichts preis.

»Verschiedene Zeugen haben ausgesagt, dass Sie mehr als nur sauer auf ihren ehemaligen Kumpel waren.

Beim letzten Feuerwehrfest sollen Sie ihn sogar angegriffen und sich geprügelt haben«, unterbrach Kommissarin Sybille Diesel den Augenblick.

»Das ist übertrieben«, winkte Heinrich Huber müde ab. »Geprügelt haben wir uns nicht. Ich hatte zu viel getrunken und es wurde laut. Ehe ich mich aber versah, hatte man mich schon draußen vors Zelt gesetzt.« Er drehte sich nun zu der Kommissarin um. »Das war auch das letzte Mal, dass ich den Kalli Vogel gesehen habe. Das kann ich beschwören.« Frau Diesel machte nur eine skeptische Miene dazu.

»Herr Huber, Sie haben kein Alibi, so viel steht fest! Es gibt niemanden, der bezeugen kann, dass Sie nicht zur Tatzeit in Zilsdorf bei Karl-Heinz Vogel waren, sondern auf Ihrem Feld bei der Arbeit«, ereiferte sich die Kommissarin. »Und Sie hatten ein Motiv, um sich an Karl-Heinz Vogel zu rächen. Wenn Sie damals nicht das Stück Land getauscht hätten, wären Sie an das große Geld herangekommen, oder? Dann sähe es hier auch bestimmt nicht so aus wie bei Hempels unterm Sofa. Und vielleicht würde auch noch Ihre Frau leben. Sie sind verzweifelt und am Ende und dann fahren Sie zu Karl-Heinz Vogel und haben ihn in seiner Scheune mit einer Brechstange erschlagen, geben Sie es doch zu«, sagte Frau Diesel mit drängender Stimme.

Heinrich Huber richtete sich langsam kerzengerade auf und sah die Kommissarin eisig an. »Lassen Sie meine Frau aus dem Spiel. Sie war krank und ist gestorben, dafür kann niemand etwas. Auch dass ich arm wie eine Kirchenmaus bin, dafür kann ich niemanden verantwortlich machen. Und schon gar nicht käme ich auf die Idee, einen Menschen zu töten, nur weil der Geld hat und ich nicht. Suchen Sie Ihren Mörder woanders. Das hier ist ein anständiges Haus.« Kommissarin Diesel sah Huber an und unterdrückte eine zynische Erwiderung, die ihr schon auf der Zunge lag.

Ihr Kollege Wolf hatte die Szene aufmerksam beobachtet und war von der Haltung des Verdächtigen frustriert. Er hatte in hunderten von Verhören so viel Erfahrung gesammelt, dass er instinktiv wusste, dass er hier heute Abend keinen Mörder verhaften würde. Er vermutete aber auch, dass ihm Huber noch nicht alles gesagt hatte. Wolf sah seine Kollegin an und schüttelte fast unmerklich den Kopf.

Auch mein Bruder Jacky und ich hatten alles aufmerksam verfolgt, die Körpersprache der drei und ihren Geruch mit unseren feinen Nasen aufgenommen. Heinrich Huber war zwar verschwitzt und emotional hochgepuscht, aber er verströmte keine Angst.

»Es wäre ja auch zu einfach gewesen«, dachte ich gerade, *»du spazierst einfach nach Walsdorf und findest mal eben den Mörder. Du bist nun mal kein gewisser vierpfotiger, fussiger*[5] *Klugscheißer aus Bonn*[6], *okay?«*

Ich hatte das Gefühl, hier nicht weiterzukommen. In diesem Moment hörten wir hinter uns klappernde Geräusche. In der Scheune brannte Licht, es war jemand da drin. Jacky und ich sahen uns kurz an und schlichen vorsichtig zur Scheune hin.

Das große Scheunentor war am Fußende morsch und uneben, so konnten wir durch den Fußspalt sehen, wie ein Mann in einem merkwürdigen weißen Plastikanzug die Wand mit der Werkbank und den Gerätschaften abtastete. In der Hand hielt er eine Taschenlampe und leuchtete damit in alle möglichen dunklen Ecken. Eindeutig suchte er etwas.

»*Wer ist das?*«, fragte mein Bruder.

Ich zuckte mit den Schultern und beobachtete den Kerl eine Weile. Er nahm verschiedene Werkzeuge in die Hand, beleuchtete sie mit der Taschenlampe und legte sie wieder weg. Ein paar Hämmer, ein Radkreuz, große Schraubenzieher und eine Brechstange verschwanden einzeln in Plastiktüten.

»*Ich glaub, ich hab so was schon mal im Fernsehen gesehen. Der sucht nach der Tatwaffe, wie es bei Filmen immer heißt. Meine Lieblingssendung ist übrigens ›CSI: Den Tätern auf der Spur‹*«, klärte ich ihn auf.

Für einen Moment stand der Mann einfach still und ratlos da.

»*Wie blöd ist das denn?*«, spottete Jacky, »*wenn ich Mörder wäre, ich würde doch nicht den Beweis zu Hause rum liegen lassen.*«

»*Du kannst ja auch Intelligenz nicht unbedingt bei Menschen voraussetzen*«, murmelte ich. »*Schließlich sind sie ja keine Katzen.*« Langsam zog ich mich von meinem Aussichtsposten zurück. »*Ich glaub, ich hab genug für heute.*«

Ich blickte zum Scheunendach hoch und sah an der Giebelseite einen Baum stehen.

»*Komm, wir verziehen uns*«, sagte ich.

Wir kletterten über einen Obstbaum hinauf bis zum Dach der Scheune. Von dort hatten wir das Haus und den ganzen Innenhof im Blickfeld. Nichts konnte unseren nachtscharfen Augen entgehen. Wir hockten uns an den Rand des Daches und warteten ab.

Müdigkeit legte sich bleiern auf meine Glieder, ich war jetzt seit vierundzwanzig Stunden unterwegs. Und das für ein Tier, das mindestens sechzehn Stunden des Tages verschläft.

»*Weißt du, was komisch ist?*«, flüsterte mein Bruder Jacky. »*Von Windrädern habe ich heute schon mal was gehört. Und zwar da, wo ich jetzt wohne. Du musst wissen, ich bin ziemlich komfortabel untergebracht. Mein Versorger macht dick in Politik, nennt sich Landrat oder so. Mein Lieblingsplatz auf der Ledercouch ist in seinem Büro und heute früh habe ich eine Unterhaltung am Telefon mitgehört. Da ging es auch um Windräder. Und der war richtig sauer, hat krakeelt, er würde sich schon an die Abmachungen halten und was dem anderen denn einfallen würde.*«

Jacky setzte sich dabei auf die Hinterpfoten und schauspielerte das belauschte Telefongespräch nach, sein Fell sträubte sich und er gestikulierte mit den Pfoten in der Luft.

Ich musste kichern. Mittlerweile war ich so müde, dass meine Nerven anfingen zu vibrieren.

»*Jacky, dann sollten wir herausfinden, ob dein Versorger damit irgendwas zu tun hat*«, meinte ich gähnend. »*Kann ich nicht einfach mit zu dir kommen und dort schlafen? Ich bin so was von fertig!*«

Politik

»Bitte hier entlang. Ich darf vorgehen?«, die sonore Stimme riss mich aus meinem komamäßigen Schlaf. Laute Schritte waren zu hören und ich sah zwei Paar Männerschuhe in den Raum kommen und auf den Schreibtisch zugehen.

Ein Paar braune Slipper und darüber eine beigefarbene Cordhose kamen weiter auf die Couch zu, unter der ich die Nacht verbracht und bis in den späten Vormittag tief und fest geschlafen hatte.

Black Jack hatte mich zu sich ins Haus von Landrat Helmut Wohlgemuth gebracht und mir sogar sein Futter angeboten. Auf seinen Lieblingsplatz im Büro durfte ich allerdings nicht. Jacky hatte nicht zu viel versprochen. Das Haus von Landrat Wohlgemuth war riesig für Katzenverhältnisse und ziemlich teuer eingerichtet.

Im Büro stand ein massiver Eichenschreibtisch und auch das Sideboard und der raumhohe Aktenschrank waren aus demselben Holz. An den Wänden hingen Ölgemälde mit Landschaftsmotiven aus der Region.

Zu meinem großen Entsetzen hörte ich, wie mein Bruder, der es sich oben auf der Ledercouch gemütlich gemacht hatte, des Raumes verwiesen wurde.

»Du verschwindest jetzt mal hier. Raus!«

Jacky sprang mit einem Satz von seinem Nachtlager runter und trollte sich beleidigt zur Türe. Im Flur sah er sich noch einmal um und suchte Blickkontakt mit mir. Er warnte mich mit den Augen, ja still zu sein und mich nicht zu rühren.

So viel wusste ich auch schon selbst. Hinter ihm schloss sich die Türe. Panik machte sich bei mir breit. Ich war allein mit den beiden Männern.

Der Slipperträger ging hinter den Schreibtisch und setzte sich in einen großen Chefsessel. Sein Besucher hatte bereits vor dem Schreibtisch Platz genommen.

Vorsichtig robbte ich mich in meinem Versteck weiter vor, um die beiden Männer besser sehen zu können.

Der Mann in dem Chefsessel war sehr groß und sehr kräftig, mit einem enormen Bauch. Vom Alter her schätzte ich ihn um fünfundfünfzig bis sechzig. Er hatte graue Haare und trug eine Metallbrille. Das musste der Landrat sein, bei dem mein Bruder lebte.

»In einer Stunde kommt ein Reporter vorbei. Wir sollten uns beeilen. Wäre es nicht besser gewesen, wir hätten uns irgendwo unterwegs getroffen? Ich hoffe, es hat Sie keiner gesehen?«

»Ganz unbesorgt! Ich bin mit einem unauffälligen Mietwagen gekommen und der parkt ein paar Straßen weiter«, sagte sein Besucher.

Der Mann war schlank und trug einen grauen Anzug mit dezenten Nadelstreifen und passende dunkelgraue

Schuhe. Von hinten sah ich nur seinen dunkelblonden kurz geschnittenen Haarschopf. Seine Hände lagen entspannt auf den Armlehnen des Besuchersessels.

»Na schön. Ich halte es trotzdem für keine gute Idee, hierher zu kommen«, sagte der Landrat Helmut Wohlgemuth verdrossen.

»Ich hoffe, Sie halten es wenigstens für eine gute Idee, dass ich gekommen bin, um meinen Teil der Abmachung zu erfüllen«, kam es sarkastisch vom Besuchersessel her. Er griff in die Brusttasche seines Jacketts, holte ein schmales Stück Papier heraus und überreichte es dem Landrat. »Ich habe Ihnen einen Scheck mitgebracht. Wie vereinbart, die zweite Hälfte der 25.000 Euro. In gebührender Anerkennung, dass Sie uns den Markt frei geräumt haben für unsere Windanlagen.«

Das besserte die Stimmung des Landrates sichtlich auf. Er nahm den Scheck in beide Hände und betrachtete ihn geradezu liebevoll.

»Das ist eine angenehme Überraschung. Ich danke Ihnen. Ich bin sehr froh, dass ich die Möglichkeit hatte, in unsere Region diese Zukunftstechnologie zu holen. Wir sind nun mal eine strukturarme Gegend und müssen die Ressourcen nutzen, die uns das Land zur Verfügung stellt, um auch zukünftig Einkommen und Arbeitsplätze zu sichern. Und wenn Wind eine dieser Ressourcen ist, umso besser, vor allem, wenn der umsonst bläst. Hahaha. Ich hoffe, wir haben noch weitere Gelegenheiten für interessante Projekte, Herr Benneke.«

»In der Tat. Aus diesem Grund bin ich auch persönlich gekommen«, sagte Jan Benneke von der Eifel-

Energie-Agentur GmbH aus Aachen. Typisch Politiker, dachte er, müssen aus allem gleich einen Vortrag machen. Er setzte ein ernstes Gesicht auf. »Sie haben von der leidigen Mordgeschichte bestimmt gehört.«

»Sicher, es wird im Kreis über nichts anderes mehr geredet«, schnaubte Wohlgemuth. Er hatte Benneke den Kontakt zu Karl-Heinz Vogel hergestellt, nachdem er mitbekommen hatte, wie der sich nach Windenergieanlagen erkundigte.

Benneke sprach weiter: »Es war klug von Ihnen, Herrn Vogel von unserer Firma zu überzeugen. Schließlich haben alle Seiten bisher von diesem Geschäft profitiert.« Jan Benneke lehnte sich weiter in den Sessel hinein. »Nach dem Vertrag, den wir mit Herrn Vogel hatten, gehört nach seinem Tod das Grundstück nun unserer Firma. Unser Rechtsbeistand hat bereits die Umschreibung des Grundstücks eingeleitet.«

Landrat Wohlgemuth mache tellergroße Augen, mit dieser Geschwindigkeit hatte er nicht gerechnet. »Herrje, der Mann ist ja noch nicht mal unter der Erde. Er liegt immer noch in der Gerichtsmedizin. Konnten Sie nicht wenigstens die Beerdigung abwarten?«, rief er aus.

Benneke schüttelte nur den Kopf. »Wir planen eine Erweiterung der Anlagen. Es stehen im Moment drei Windräder da, wir wollen weitere drei aufstellen in den nächsten zwei Jahren.«

Wohlgemuth wusste genau, dass so eine Erweiterung weit über das hinausging, war im Regionalplan vorgesehen war und pfiff leise durch die Zähne. »Wir sollten aufpassen, dass es hier nicht bald so aussieht wie an der A1 bei Euskirchen. Die Bürgerinitiative gegen die

Massenbebauung von Windkrafträdern hat lange Zeit Ruhe gegeben. Aber auch nur, weil wir damals zugesagt haben, dass es keine weiteren Windanlagen in Walsdorf mehr geben wird. Wenn das bekannt wird, geht das Geschrei erst richtig los.«

Benneke beugte sich nach vorne und sah den Landrat tief in die Augen. »Eben! Hindern Sie den zuständigen Fachausschuss daran, eine negative Empfehlung an die regionale Planungsgemeinschaft auszusprechen«, sagte er brutal direkt.

Wohlgemuth holte tief Luft. »Das ist eine massive Einmischung. Das kann mich Kopf und Kragen kosten, wenn das rauskommt.«

»Dann müssen Sie dafür sorgen, dass es nicht rauskommt«, konterte Benneke rasch. »Die Details will ich nicht wissen. Nur das Ergebnis zählt. Sie sagen mir nur, wie viel pekuniäre Überzeugungsleistung dafür nötig ist und wer gegebenenfalls mit ins Boot geholt werden muss. Nur halten Sie den Kreis klein. Sie kennen das Sprichwort: Wenn zwei es wissen, ist es schon kein Geheimnis mehr.«

Wohlgemuth winkte mit der Hand ab. »Ich bin ein alter Hase in der Politik. Ich mache keine Fehler.« Der Landrat blickte auf seine Uhr und Jan Benneke nahm das als Zeichen für das Ende der Besprechung.

Er stand auf und knöpfte sein Jackett zu. »Ich werde mich bald auf Ihrem Handy melden«, sagte er zum Abschied und reichte Wohlgemuth die Hand. »Danke, ich finde selbst hinaus.«

Landrat Helmut Wohlgemuth blieb alleine im Büro zurück und sah sich den Scheck auf dem Schreibtisch noch einmal an. Er machte ein sehr zufriedenes Gesicht. Dann wendete er sich einem Gemälde an der Wand hinter ihm zu. Die Ölmalerei zeigte eine Bauernszene bei der Ernte.

Zu meinem Erstaunen konnte er den Bildrahmen aufschwenken und ein Safe wurde sichtbar. Er fing an, schief und völlig unmusikalisch ein Lied zu summen. Er tippte eine Kombination ein und öffnete den Safe. Dann nahm er den Scheck vom Schreibtisch und legte ihn hinein.

Leider hatte ich nicht die Tastenkombination des Safes erkennen können, da der Mann mit seinem dicken Körper das Blickfeld versperrte. Er schloss den Safe wieder zu und schwenkte das Bild zurück auf seinen Platz. Er summte noch lauter und ging lächelnd aus dem Büro. Ich atmete erst einmal tief auf und dachte einen Augenblick nach.

Leise schlich ich mich zur offenen Türe und zischte in den Flur: »*Jaaaaackiiiiiiii*«.

Ein schwarzer Kopf erschien gegenüber und mit zwei Sätzen war mein Bruder bei mir.

»*Wo ist er hin?*«, fragte ich ihn aufgeregt.

»*Richtung Schlafzimmer. Ich nehme an, schon wieder mal umziehen. Der verbraucht mehr Klamotten am Tag als ein Model.*« Wir schlichen uns zum Schreibtisch. »*Was war denn los? Erzähl mal*«, drängelte er.

»*Später*«, sagte ich und blickte zum Bild empor. »*Weißt du, wie der Safe aufgeht?*«

»*Ich weiß, in welcher Reihenfolge man die Tasten drücken muss, wenn du das meinst. Hab ich schon oft beobachtet.*«

»Na, dann komm mal mit, du bist ab sofort Panzerknacker«, grinste ich und sprang mit einem Satz auf das Sideboard unter dem Gemälde.

Mein schwarzer Bruder mir hinterher. Wir versuchten zu zweit, mit unseren Krallen unter den Bildrahmen zu kommen.

Es hielt an einem Magnetschnäpper fest. Erst nach einer Weile gelang es mir, in eine Lücke eine Pfote zu schieben und durch die Hebelwirkung den Rahmen zu lösen und zur Seite zu schwenken. Der Safe war ein Stückchen über unseren Köpfen in der Wand eingebaut. Wir mussten uns also auf die Hinterpfoten stellen.

Ich überließ meinem Bruder jetzt das Weitere. Er reckte sich und mit der Pfote drückte er verschiedene Knöpfe auf der Tastatur. Aber seine Tatzen waren zu breit, er drückte jedes Mal auch die Nachbarknöpfe mit und so kamen wir nicht an den Inhalt ran.

»So geht das nicht. Versuch es nur mit einer Kralle«, sagte ich leise zu ihm.

Er stellte sich noch mal auf die Hinterbeine und fing konzentriert von vorne an. Eine rosa Zungenspitze schaute dabei aus seinem Maul heraus. Er drückte die Tastenkombination nun mit der Kralle ein und es funktionierte. Nach kurzer Zeit gab es ein klackendes Geräusch und die Safetüre sprang ein paar Zentimeter auf. Jacky schob seine Nase in den Spalt und drückte die Türe ganz auf.

Sofort streckte ich mich auf die Hinterpfoten und suchte nach dem Scheck von vorhin. Er lag im Fach ganz obenauf. Ich zog ihn mit meinen Krallen aus dem Safe und er segelte langsam zu Boden.

Ich sprang hinterher. *»Mach den Safe schnell wieder zu. Das muss so aussehen, als wenn nichts gewesen wäre«*, rief ich meinem Bruder zu.

Er stemmte sich gegen die Safetüre, bis sie wieder ins Schloss einrastete und drückte einfach eine Taste zur Verriegelung. Dann schwenkte er das Bild wieder auf seinen Platz und kam zu mir runter. Die ganze Aktion hatte kaum ein paar Minuten gedauert.

Ich schob den Scheck mit den Pfoten über den Parkettboden zu meinem Versteck unter der Ledercouch.

Jacky sah mich von der Seite fragend an. *»Was willst du damit? Was ist das überhaupt?«*

»Das ist Bestechungsgeld und ein Beweis dafür, dass dein Landrat mit den Windrädern irgendwas gemauschelt hat. Gleich kommt doch ein Reporter zu Besuch. Ich hab da eine Idee.« Ich war ganz aufgeregt, wie bei einem Abenteuer.

Unter der Couch sah ich meinen Bruder gespannt an, aber der zeigte plötzlich eine erschütterte Miene. Ihm dämmerte gerade, was er getan hatte. Ich stutzte.

»Oh Jacky, es tut mir so leid«, flüsterte ich leise. Ich hatte für den Augenblick völlig vergessen, dass der korrupte Landrat ja gleichzeitig auch Jackys liebevolles Herrchen war. Ich staunte mal wieder über die Duplizität des menschlichen Charakters. Da kann ein Mensch ein berechnender, eiskalter und rücksichtsloser Egomane sein und in seinem privaten Reich ein fürsorglicher Familienvater und -großvater oder Tierliebhaber. *»Es gibt immer zwei Seiten der Medaille«*, dachte ich.

»Weißt du, Schwester«, sagte Black Jack, *»der mag mich wirklich. Er hat es gerne, hier im Büro auf der*

Couch zu liegen, wenn er an einer Rede bastelt oder über etwas nachdenkt und dann liege ich auf seinem riesigen Bauch und schnurre ihm was vor. Das liebt er und ich werde immer gestreichelt.« Er war ganz verwirrt. *»Ich kann mir nicht vorstellen, dass so einer jemanden ermorden kann.«*

»Ich denke auch nicht, dass er was mit dem Mord zu tun hat«, tröstete ich ihn etwas hilflos. *»Aber dieser Mensch ist Politiker. Das sind doch fast alles Lügner und Betrüger. Hallo?! Dein Fellkrauler hat vor nicht mal einer halben Stunde hier Geld angenommen. Soweit ich dem Gespräch gefolgt bin, hat er dem Anzugträger von vorhin geholfen, Geschäfte zu machen, dabei die Konkurrenz auszubooten und den Widerstand gegen die Windräder kaltzustellen. Das ist nicht in Ordnung!«* Langsam hatte ich mich in Rage geredet.

»Aber es ist in Ordnung, dass ich dir helfen soll, meinem Dicken hier die Karriere zu versauen oder ihn vielleicht sogar in den Knast zu bringen, oder? Ich sehe auch Fernsehen, nur hier läuft meistens NTV oder Frontal und so was. Ich bin auch nicht blöde. Ich liege im Büro und höre mit, was der Dicke alles am Telefon sagt. Oft bin ich nur froh, einfach Kater zu sein und nicht mehr Sorgen zu haben, als wo ich die nächste Mieze aufreißen kann.«

Auch Jackys Stimme wurde etwas ärgerlicher. Er machte eine kleine Pause und holte tief Luft: *»Es geht mir hier sehr gut! Das wollte ich damit gesagt haben. Vergiss bei deinem ganzen Eifer nicht, dass bei so einem Skandal mehr kaputt gehen kann als eine Karriere, es hängt auch ein Zuhause dran.«*

Mein so genannter Eifer hatte mit seiner kleinen Ansprache einen erheblichen Dämpfer bekommen. Ich blickte auf den Scheck runter und meine Gedanken verwirrten sich. Ich könnte meinen Plan weiter ausführen und versuchen, den Scheck irgendwie dem Reporter unterzuschieben; in der Hoffnung, dass er diesen Hinweis weiterverfolgen und die Korruption aufdecken würde.

Aber bei mir regte sich das schlechte Gewissen bei dem Gedanken, dass vielleicht mein Bruder sein komfortables Zuhause über den nachfolgenden Skandal verlieren würde.

Ich könnte natürlich auch den Scheck einfach hinter den Schreibtisch auf den Boden zurückschieben, der dicke Landrat würde ihn sehen und denken, dass er versehentlich aus dem Safe gerutscht sei und alles wäre so wie zuvor.

Es wäre natürlich auch einfach, meinem Bruder den Scheck hinzuschieben und ihm die Entscheidung zu überlassen, einfach – aber feige.

Mein Bruder hatte den Widerstreit der Gefühle an meiner Miene mitlesen können.

»Ist schon gut Jule«, seufzte Black Jack, *»denk nicht weiter drüber nach. Mein Dicker ist korrupt, und zwar mehr, als du ahnst. Ich hab es zwar die ganze Zeit gewusst, aber ich habe meine Augen davor verschlossen. Ist schwer zu widerstehen, wenn man jeden Tag ein First-Class-Futter bekommt und so hingebungsvoll hinter den Ohren gekrault wird. Weißt du, ich bin auch bestechlich.«* Er grinste schief.

Ich war traurig und schämte mich ein bisschen.

»Du gibst ja doch keine Ruhe, bis deine Neugierde gestillt ist«, sprach Jacky weiter. *»Und sollte mein Dicker auch nur annähernd was mit dem Mord an dem Vogel zu tun haben, dann suche ich mir selbst ein neues Zuhause.«*

Ich wusste, er wollte mich nur trösten und ich lächelte ihn an. Dankbar rieb ich meinen Kopf an seinem Hals, was er mit einem brüderlichen *»Ääch!«* abtat. Dann hockten wir uns unter die Couch und warteten.

Nach ein paar Minuten klingelte es an der Haustüre und schwere Schritte erklangen im Flur.

Zwei Männerstimmen begrüßten einander und die Schritte näherten sich der Bürotüre. Hinein kamen wieder der Landrat Wohlgemuth, immer noch die braunen Slipper, diesmal aber mit einer dunkelbraunen Stoffhose, sowie ein Paar Jeans mit Turnschuhen. Eine große, schwarze Beuteltasche wurde direkt vor unserer Couch auf dem Boden abgesetzt.

»Ich habe meine Fotoausrüstung mitgebracht. Wenn Sie nichts dagegen haben, dann schießen wir anschließend noch ein paar Bilder«, sagte eine junge Stimme.

Der junge Mann setzte sich in den Besuchersessel und schlug lässig die Beine übereinander. »Ich danke Ihnen, dass Sie sich die Zeit für ein Interview nehmen, Herr Dr. Wohlgemuth. Mein Name ist Oliver Trust. Ich arbeite als freier Journalist für den Trierischen Volksfreund«, stellte er sich vor.

Ich sah mir den Reporter genauer an, er war sehr schlank, beinahe schlaksig, die schwarzen Haare waren nach hinten gekämmt und reichten fast bis zur Schulter. Er hatte hellblaue Augen unter geschwungenen Brauen.

»Sonst hatte ich immer mit Herrn Weber von Ihrer Redaktion zu tun«, sagte Wohlgemuth etwas verstimmt, er war es gewohnt, mit der ersten Riege der Journaille zu sprechen.

Oliver Trust lächelte verbindlich und legte ein iPhone als Aufnahmegerät auf dem Schreibtisch ab. »Herr Weber ist leider verhindert und hat mich gebeten, das Interview zu führen. Sie treten ja bei der Wahl im nächsten Jahr erneut an und Ihre Kandidatur als Landrat gilt ja fast schon als gesichert. Ich würde Ihnen daher gerne ein paar Fragen stellen zu aktuell anliegenden Themen.«

Der Reporter sprach schnell und sicher. Er dachte nicht daran, sich von den Animositäten des Herrn Landrates aus dem Konzept bringen zu lassen. »Sie haben in den letzten Jahren schon öfter politisch Prügel bezogen. Meine erste Frage: Was treibt Sie an, noch einmal für das Amt des Landrates zu kandidieren?«

Helmut Wohlgemuth setzte sich aufrecht hin und faltete die Hände auf dem Schreibtisch. »Ich will die Zukunft meines Wahlkreises gestalten. Und da habe ich den Willen, dass sich die Politik endlich wieder an der Sache und den Wünschen der Menschen orientiert«, sagte er mit ernster Miene. »Ich kann auf eine breite berufliche Erfahrung aus Justiz, Verwaltung und Gesetzgebung verweisen. Ebenso möchte ich meine ehrenamtlichen Tätigkeiten bei der freiwilligen Feuerwehr und im Verwaltungsrat unserer Kirchengemeinde sowie kommunalpolitische Erfahrungen nutzbar machen. All dies glaube ich im Amt eines Landrates am besten einbringen zu können. Als Eifeler spreche ich die Sprache der

Menschen. Ich möchte eine Politik, die alle verstehen und bei der alle mitkommen.«

Oliver Trust unterdrückte ein Schmunzeln, genau so hatte er sich das vorgestellt. Wie vorhersehbar das doch alles war, dachte er.

»Wie stellen Sie sich eigentlich die zukünftige Verwaltungsgliederung im Kreis vor?«, fragte er weiter.

Wohlgemuth spulte weiter sein Programm runter. »Die wichtigsten Ziele bei einer Verwaltungsreform müssen sein: Bürgernähe, Bürokratieabbau und Kostenersparnis. Man kann nicht das Pferd von hinten aufzäumen, indem man zunächst neue Landkarten malt und dies dann als Verwaltungsreform bezeichnet. Stattdessen muss zunächst eine Neuverteilung der Aufgaben von der ministeriellen bis zur örtlichen Ebene erfolgen. Wichtig ist auch der Abbau von Mehrfachzuständigkeiten auf verschiedenen Ebenen. Man muss das große Ganze im Auge behalten.«

So ging das eine halbe Stunde lang weiter. Nach einer Weile war ich mir nicht mehr so sicher, ob ich meinen Bruder um sein Luxusleben beneiden sollte. *»Wenn ich mir Woche für Woche dieses Geschwätz anhören müsste«*, dachte ich zwischendurch, *»könnte man mich bald in die Katzenklapse bringen.«*

Nur einmal wurde Helmut Wohlgemuth persönlicher. Als er von Trust nach dem Tod von Karl-Heinz Vogel gefragt wurde, sagte er traurig: »Ich habe Kalli Vogel persönlich gut gekannt, über die Feuerwehr. Sein Tod hat mich schwer getroffen. Er war ein sehr geschätzter Mann und es ist einfach unbegreiflich, warum er so brutal getötet wurde. Wir stehen alle unter Schock.«

Ich hatte begonnen, mich vorsichtig der Beuteltasche dieses Reporters zu nähern und nach einem Zugang zu suchen, aber die war mit einem Reißverschluss verschlossen. Plötzlich erschrak ich und wich ein paar Zentimeter zurück, der junge Mann hatte gerade gesagt: »Vielleicht können wir jetzt noch ein paar Fotos machen.«

Er stand auf und kam auf die Tasche zu. Ich drückte mich bis ganz an die Wand und hoffte, er würde nicht zu tief unter die Couch blicken. Oliver Trust öffnete den Reißverschluss seiner Beuteltasche und holte eine digitale Spiegelreflexkamera heraus. Er sah sich kritisch das Objektiv an und griff in der Tasche nach einem Blitzgerät. Dann setzte er alles einsatzbereit zusammen und schaltete die Systeme ein. Ein leises Fiepen der Akkus ertönte.

Die Tasche lag nun offen vor mir. Mein Herz klopfte, ich kam vorsichtig wieder nach vorne gerobbt und schob den Scheck dabei mit. *»Pass auf, was die beiden machen«*, befahl ich meinem Bruder.

»Die sind beschäftigt. Mach hinne!«, flüsterte er leise zurück.

Ich nahm den Scheck mit den Zähnen auf und zog ihn über den Taschenrand. Mit den Pfoten schob ich ihn weiter in den Beutel hinein. In der Tasche waren noch weitere Akkus und zwei große Teleobjektive, diverse Kabel, und ein gutes Dutzend Speicherkarten. Ich wollte den Scheck noch etwas tiefer verstecken, damit er nicht sofort entdeckt würde. Ich duckte mich und sah nach den beiden Männern. Mein Herz raste vor Spannung.

Der Reporter dirigierte den Landrat in alle möglichen Posen, mal sitzend am Schreibtisch, dann wieder stehend vor dem Bild, am Fenster. Er schickte ihn kreuz und quer durchs Zimmer.

Der Blitz und das Akkusummen machten dabei Lärm genug, hoffte ich. In einem Augenblick, wo ich für beide im toten Winkel war, nahm ich mein Herz in beide Pfoten und stürzte mich in die Tasche.

Ich scharrte so schnell ich konnte, Akkus und Speicherkarten beiseite und bugsierte den Scheck auf den Boden des Beutels. Dann verteilte ich alles wieder darüber und zog mich schnellstens zurück in die hinterste Ecke. Hier ließ ich erst mal stoßweise Luft raus.

Jacky kam mir hinterher gekrochen und pfiff leise anerkennend durch die Zähne. »*Und was machen wir jetzt?*«, fragte er.

»*Warten, bis die fertig sind*«, sagte ich und dachte kurz nach. »*Sobald die Luft rein ist, verschwinde ich von hier. Ich geh noch mal zurück zu Mam. Vielleicht gibt es ja inzwischen Neuigkeiten. Es ist besser, du bleibst hier und spitzt die Ohren. Wenn du irgendwas mitkriegst, was ähm …*«

»*… ist schon klar, dann komme ich sofort gelaufen und sag Bescheid*«, sagte mein starker, schwarzer Bruder.

Bonn, Institut für Rechtsmedizin

Der weitläufige Raum war bis an die Decke weiß gefliest. Die hohen Fenster waren mit Jalousien verdeckt, zahlreiche Leuchtstofflampen gaben ein gleichmäßig helles, neutrales Licht ab. Die Einrichtung bestand nur aus Edelstahl. An einer Stirnwand waren etliche tiefe, klimatisierte Stahlkammern übereinander eingebaut.

Ein Mann im blauen OP-Anzug stand an einem der drei Stahltische, die in der Raummitte aufgestellt waren. Auf dem Tisch lag eine Leiche. Männlich, 1,89 Meter groß, 103 Kilogramm schwer, Name: Karl-Heinz Vogel.

Der Rechtsmediziner Dr. Manfred Lessing war mit der Obduktion der Leiche betraut worden und seit gestern Nachmittag damit beschäftigt. Er ging sehr sorgfältig und methodisch vor. Erst hatte er den Kopf aufgeschnitten, dann die Brust, dann der Bauch. Nacheinander hatte er die Organe entnommen, gewogen, auf Veränderungen untersucht, fotografiert, in eine Kühlbox gepackt und an den Toxikologen weitergeschickt. Der hatte sein Labor im selben Haus. Entnommene Gewebeproben wurden für die DNA-Analyse vorbereitet.

Dr. Lessing griff nach dem Mikrofon und diktierte: »Der Körper des Mannes weist massive Einwirkungen von stumpfer Gewalt im Kopf und Halsbereich auf, von der Schulterhöhe abwärts sind keine weiteren Verletzungen feststellbar. Außergewöhnlich ist die hohe Intensität der ausgeführten Schläge. Acht unterschiedliche Gewalteinwirkungen sind abgrenzbar, weitere Einwirkungen aber dort möglich, wo mehrfach auf dieselbe Stelle geschlagen wurde.

Der Kopf weist Platz- und Risswunden und eine tiefe Verletzung der Kopfschwarte auf. Der Schädelknochen ist mehrfach gebrochen. Durch ein offenes Schädel-Hirn-Trauma wird der Blick auf den Hirnlappen frei. Die Schädelbasis ist unter teilweiser totaler Zerstörung der Knochenanteile regelrecht zertrümmert, der Schädelknochen ist in Richtung Hirnhöhle eingedrückt. Die Arteria vertebralis sinistra weist einen Längsriss von fünf Millimeter auf. Karl-Heinz V. erlitt zudem einen Bruch der linken Augenhöhle mit Knochenabsplitterung, sowie mehrere offene, durch die Haut stoßende Brüche von Kiefer- und Nasenrückenknochen. Im Bereich des Stirn-Frontallappens sind Unterblutungen zwischen Hirnhaut und Hirnoberfläche festzustellen. Am Hinterkopf ist eine drei Zentimeter klaffende Quetschwunde als Primär-Verletzung zu erkennen, die aber nicht todesursächlich zu werten ist.

Zu Tathergang und Tatwerkzeug kann gesagt werden, dass das Opfer mit einem metallischen Gegenstand mit rundlichen Anteilen erschlagen wurde. Schleuder- und Tropfspuren am Boden und an der Werkbank in der Scheune belegen dies. Als mögliches Werkz ...«

Es klopfte und die große Schiebetüre glitt zur Seite. Kriminaloberkommissar Sigmund Wolf und Kriminalkommissarin Sybille Diesel kamen in den Raum hinein. Siggi Wolf verzog das Gesicht, als er den offenen Körper Karl-Heinz Vogels auf dem Stahltisch entdeckte. Er hatte sich in annähernd dreißig Dienstjahren immer noch nicht an den Anblick von aufgeschnittenen Leichen gewöhnen können.

»Ich hatte gedacht, Sie wären schon fertig«, brummte er.

»Schönen guten Tag, liebe Besucher. Ich muss vergessen haben, dass wir heute eine Touristenführung haben«, sagte Dr. Manfred Lessing mit einem strengen Blick durch seine Brille.

Wolf und Diesel zogen ihre Dienstmarken und hielten sie brav hoch. »Entschuldigen Sie«, sagte Sybille Diesel versöhnlich, »aber wir hatten uns telefonisch angemeldet.«

»Das hat man wohl vergessen, mir zu sagen.« Der Rechtsmediziner rückte seine Brille zurecht. »Ich nehme an, Sie kommen wegen diesem Klienten?«, und als beide nickten, »Ich bin mit meiner Untersuchung fast fertig. Es stehen noch die Laboranalysen aus, aber eine Kurzfassung kann ich Ihnen jetzt schon geben.«

Die beiden Kommissare sahen ihn fragend an. »Das Opfer wurde hinterrücks auf den Kopf geschlagen mit einem Brecheisen oder einer Metallstange. Er verliert das Bewusstsein und fällt zu Boden. Dann steht der Täter oder die Täterin neben ihm, schlägt mit der Stange mehrmals auf ihn ein und zertrümmert ihm dabei den Schädel. Der Angreifer hat mit sehr viel Schwung, aber nicht mit sehr viel Kraft zugeschlagen. Die erste Wunde hätte zwar genäht werden müssen und der Mann hätte ein paar Tage Kopfschmerzen gehabt, aber er wäre nicht daran gestorben.«

Sybille Diesel hatte aufgehorcht. »Wieso die Täterin?«, fragte sie.

»Der Winkel, aus dem der erste Schlag erfolgte, weist auf eine viel kleinere Person hin, als es das Opfer war. Und die Verletzungen sind nur gravierend dort, wo mehrmals von oben an einer Stelle zugeschlagen wurde. Andere Verletzungen dagegen sehen dramatisch aus, sind aber nicht tödlich. Schauen Sie her.«

Kommissar Wolf blickte starr über den Tisch hinweg auf die Fenster, seine Kollegin beugte sich interessiert über die Leiche.

Der Rechtsmediziner hatte am Kopf einen Schnitt über den Scheitel von einem Ohr zum anderen gemacht. Dann hatte er die Kopfhaut nach hinten weggezogen, gerade so, als ziehe man eine Perücke vom Kopf. An einigen Stellen ragten Knochensplitter aus der Muskel- und Sehnenmasse heraus.

»Das schränkt den Kreis der Verdächtigen auf Anhieb ziemlich ein. Konkret käme da im Augenblick nur eine Person in Frage: Ein Mann, der nicht größer als 1,75 Meter sein dürfte und den wir gestern schon befragt hatten«, meinte Sigmund Wolf.

»Wir sollten das Alibi der Ehefrau auch noch mal genauer überprüfen«, entgegnete Sybille Diesel. »Mit dem Auto ist man schnell nach Hillesheim zum Supermarkt gefahren. Und mir kommt die Frau viel zu gefasst vor.« Sie wendete sich dem Mediziner zu: »Kann man aus den Spuren erkennen, ob das eine vorsätzliche oder eine ungeplante Tat war?«

Dr. Lessing räusperte sich: »Die Spurensicherung am Tatort und das Verletzungsmuster weisen eher auf eine Affekthandlung hin. Ich kann es mir so vorstellen: Zwischen dem Opfer und dem Täter oder der Täterin kommt es zu einem heftigen Streit. Das Opfer wendet sich ab und dreht der anderen Person dabei den Rücken zu. Der Täter greift spontan zu einer Brechstange oder ähnlichem und schlägt dem Mann auf den Hinterkopf. Etwa so.«

Lessing stellte sich ein paar Schritte in den Raum und gestikulierte einen Angriff. »Er fällt hin und ist bewusstlos. Die Wunde blutet sehr stark. Der Täter ist geschockt von dem Anblick; glaubt, der Mann sei schon tot, und verfällt in Panik, weil ihm plötzlich klar wird, dass er dafür bestraft wird. Um die Spuren zu verwischen, drischt er jetzt erst recht auf das Opfer ein. Es soll so aussehen, als wenn der Mann von einem wesentlich Stärkeren brutal umgebracht worden wäre. Wie gesagt, das kann auch das Tatmuster einer Frau sein. Ich kann das nicht ausschließen.«

»Das ist alles, was Sie im Moment haben?«, fragte Diesel verdrossen weiter.

»Bringen Sie mir die Tatwaffe, dann kann ich Ihnen noch mehr erzählen. Erst recht was vom Täter.« Dr. Lessing blickte sie über den Rand seiner Brille an.

»Wann sind die Untersuchungen abgeschlossen?«, fragte Wolf.

»Wir warten noch auf die toxikologischen Ergebnisse. Dann wollte ich die Leiche freigeben für die Beerdigung. Die Familie hat heute auch schon mindestens dreimal angerufen, wann sie den Bestatter vorbeischicken können. Ich wäre schneller fertig, wenn ich nicht immer wieder unterbrochen würde. Ich schicke Ihnen den Bericht, sobald er fertig ist«, sagte Lessing und griff wieder zu dem Mikrofon.

Die beiden Kommissare verließen schleunigst den unwirtlichen Raum.

Bitburg

Oliver Trust war enttäuscht von dem Interview mit Landrat Wohlgemuth. Plattitüden! Er war von seinem Redakteur erst kurzfristig von dem Termin informiert worden und hatte die Aufforderung erhalten, das Übliche zu fragen. Nichts anderes als ein Aufguss seiner Wahlkampfreden, genauso gut hätte er sich die Antworten auch aus dem Programm der letzten Wahl aussuchen und in seinen Bericht tippen können. Alles austauschbar.

Er setzte die Beuteltasche auf dem schwarz lackierten Tapeziertisch in seinem Wohn-Schlaf-Küche-Büro-Apartment in Bitburg ab und holte sich erst einmal aus dem Kühlschrank einen kühlen mexikanischen Biermix.

Der lange Tisch war das Zentrum seiner Einraumwohnung, gleichzeitig Plauschecke, Essplatz, Arbeitsbereich und Kommunikationspunkt. Das Apartment lag über einem früheren Polstergeschäft. Es war groß, aber nicht sehr praktisch geschnitten. Für Dusche, WC und Kleiderschrank gab es nur kleine Kammern. Alles spielte sich in dem großen Wohnraum ab.

Trust arbeitete freiberuflich als Journalist, was bedeutete, er konnte sich die Zeit selbst einteilen, sich seine Auftraggeber aussuchen und nur die Themen realisieren, die wirklich Spaß machten. Außerdem blieb er vor lästigen Streitereien und Befindlichkeiten oder gar Mobbing innerhalb einer Redaktion verschont. Besser konnte er es doch nicht treffen, oder?

Die andere Seite der Medaille war die finanzielle Unsicherheit: Habe ich im nächsten Monat noch genug Geld für meine Miete? Kommen ausreichend Folgeaufträge? Werde ich angemessen für meine Arbeit bezahlt? Was passiert, wenn ich mal krank bin? Auch bezahlter Urlaub oder Weihnachtsgeld sind für einen freien Journalisten Fremdwörter.

Für die Tageszeitung sollte er für den Artikel mit dem Landratinterview achtzig Cent pro Zeile bekommen. Rechnete man zu der Zeit noch die Fahrtkosten hinzu, dann hatte sich das Ganze mal wieder nicht gelohnt. Trust setze seinen Biermix ab und öffnete die Tasche, um die Bilder auf seinen Computer zu laden.

Er staunte nicht schlecht, als er die Fototasche aufräumte und dabei ein schmales Stück Papier fand. Darauf waren neben Bankdaten der Name von Landrat Helmut Wohlgemuth zu lesen wie auch eine Unterschrift, die Trust als Jan Benneke entzifferte. Die Summe auf dem Papier betrug 12.500 Euro.

Für ein paar Sekunden war er sprachlos vor Staunen. Wie zum Teufel kommt ein Scheck an den Landrat in meine Tasche, dachte er. Er befühlte den Scheck und sah ihn sich genauer an. Feine Kratzspuren waren auf dem Papier zu erkennen, zwei Ecken waren zerknittert und hatten kleine Löcher. Es sah fast so aus, als wenn hineingebissen worden wäre.

Oliver Trust war nun völlig verwirrt. Er nahm den Scheck und die Flasche und setzte sich in seinen hochlehnigen Arbeitsstuhl, neben dem Laptop das einzig teure Möbelstück in seinem Apartement. Er legte den Scheck auf dem Schreibtisch ab und süffelte weiter nachdenklich an seinem Biermix. Den Scheck ließ er dabei nicht aus den Augen.

Der Journalist versuchte sich daran zu erinnern, in welchem Zusammenhang er den Namen Benneke schon mal gehört hatte. Nach einer Weile schaltete er seinen Laptop ein und ging sofort online. Er googelte nach dem Namen Jan Benneke und bekam sehr bald schon aus den 106.000 Vorschlägen den Hinweis auf Windkrafträder: Benneke, Jan, Geschäftsführer der Eifel-Energie-Agentur GmbH aus Aachen. Er folgte dem Link zur Homepage der Firma und sah sich den Internetauftritt des Windparkbetreibers an.

Ein Windparkbetreiber mit einem zwölftausend-Euro-Scheck für einen Landrat in der Eifel, dachte der Journalist. Er durchforstete sein Gedächtnis nach einem Moment heute im Haus des Landrats, in dem der Scheck in seine Tasche hätte gelangen können.

Er war mit dem Landrat alleine gewesen und der war nicht mal in die Nähe der Tasche gekommen. So sehr er auch sein Gedächtnis strapazierte, er fand keine Möglichkeit.

Er wendete sich wieder der Suchmaschine zu. Bis in die Nacht hinein hatte er fast 34 Megabyte Datenmaterial auf seiner Festplatte gesammelt.

Er hatte zahlreiche Meldungen über Landrat Wohlgemuth in Zusammenhang mit Windkraftanlagen und der Firma von Jan Benneke gefunden, sowie Fotos von beiden Männern bei einem Spatenstich für ein neues Windkraftrad. Auf einem anderen Bild waren beide elegant gekleidet bei einer Benefizgala zu sehen.

Auch ein ausführlicher Pressebericht eines großen Managermagazins über den überaus erfolgreichen Geschäftsmann aus Aachen war dabei.

Die Eifel-Energie-Agentur hatte insgesamt dreiundneunzig Windanlagen im Landkreis Vulkaneifel verstreut, weitere drei waren aktuell geplant. Oliver Trust meldete sich auf dem Hauptserver seines Medienhauses an, zu dem auch die Tageszeitung Trierischer Volksfreund gehörte. Dort hatte er Zugriff auf eine weitere umfangreiche Datenbank.

Er verfolgte alte Meldungen zu geplanten Windkraftanlagen, zu Ankündigungen des Baubeginns, Protestaktionen der Bürgerinitiativen und Statements zu den Genehmigungsverfahren. Bei einem Teil der Genehmigungen waren die Einwände der Umweltschützer außer Acht gelassen worden. Gutachten, die eine Umweltunverträglichkeit für den bestimmten Standort beschrieben, wurden zurückgezogen.

In sechs Fällen fand Trust versteckte Hinweise auf eine direkte Einflussnahme durch den Landrat Wohlgemuth. Das ist ein ganz dicker Hund, dachte Oliver Trust, jetzt bloß nichts überstürzen. Er packte den Scheck in eine unbenutzte Klarsichthülle für den Fall, dass er auf Fingerabdrücke hin untersucht werden musste.

Dann schickte er noch eine Email an einen guten Freund, der bei einer Bank arbeitete, mit der Bitte, doch die angegebenen Kontodaten zu überprüfen.

Die Datenmenge zu sichten und zu strukturieren würde auch noch den Rest der Nacht killen, dachte Oliver Trust.

Und den Artikel über das Interview mit Landrat Wohlgemuth musste er ja auch noch schreiben, der war für die Wochenendausgabe geplant.

»Semi-intellektueller Anspruch«, überlegte er laut, »zwanzig Minuten, höchstens.« Er griff zum Telefon und rief das Pizzataxi an.

Walsdorf

Ich war wieder zurückgelaufen zu meinem früheren Zuhause. Unterwegs hatte ich sowohl den aufgestauten Stress sowie meinen Hunger an einer Mäusejagd befriedigt. Satt und entspannt schlenderte ich heim zu Mam. An der Ecke zur Scheune blieb ich stehen und sah mich erst einmal vorsichtig um.

Neben dem Kuhstall stand eine verwitterte Hundehütte und davor ein Mondkalb von einem Schäferhund. Der Hund lag auf dem Boden und hechelte, die Zunge schleifte fast schon auf dem Pflaster und tropfte dort zu einer Pfütze.

Er hatte dichtes braunschwarzes Stockhaar und riesige Pfoten. Trotz seiner enormen Größe hatte er etwas welpenhaft Tolpatschiges an sich.

Meine Mutter Pussy ging gerade hocherhobenen Schwanzes an ihm vorbei. Sie würdigte ihn keines Blickes.

Ich rief sie leise an und sofort hörte mich das Monster. Laut bellend sprang er hoch und machte einen Satz nach vorne. In dem Augenblick hatte sich Pussy aber schon umgedreht und wischte ihm mit ihren Krallen blitzschnell über die Nase. Der Hund jaulte auf und blieb erst einmal verdutzt stehen. Die Krallen hatten ihn an seiner empfindlichsten Stelle getroffen.

Er winselte und leckte sich mit seiner langen Zunge ständig über die blutende Nase. Eingeschüchtert sah er Pussy an, die ihn auch noch anfauchte und drohend die krallenbewehrte Pfote hob. Zögerlich drehte er sich um und kroch in seine Hütte hinein, wo er niedersank und seine dicken Pfoten über die lädierte Nase legte.

Pussy drehte sich zu mir um und rief: *»Komm schon. Der macht keinen Mucks mehr.«*

Ich bog um die Ecke und begrüßte meine Mutter mit einem Nasenstüber, ließ den Hund aber keinen Moment aus den Augen.

»Das Riesenbaby ist harmlos, man muss ihm nur kurz mal beibringen, wer hier Chef ist.« Der Hund schaute immer noch misstrauisch. Pussy sah mich prüfend an: *»Wenn du noch weißt, wo die Düppen*[7] *stehen, dann nimm dir mal eine kräftige Portion. Und dann erzählst du mir, was du inzwischen erfahren hast. Ich hab auch ein paar Neuigkeiten für dich.«*

Ich lief schleunigst in den Kuhstall und stürzte mich auf die Fressnäpfe. *»Aha«*, dachte ich, *»heute gabs bei Bäuerin Kathi Gratin, mit Käse, hmmm.«*

Draußen vor dem Scheunentor dunkelte es schon wieder. Ich verzog mich mit Pussy in die hinterste Ecke, wo ein ausrangierter Wohnzimmersessel stand. Das Polster hatte keine erkennbare Farbe mehr und war an den Kanten von unzähligen Kratzern ganz aufgerissen, aber die Sitzfläche war schön groß und bequem.

Wir legten uns beide in den Sessel und gaben uns erst einmal der ausgiebigen Fellpflege hin. Dann entspannte ich mich und fing an zu erzählen, was ich seit gestern Nachmittag alles erlebt hatte.

Pussy ließ mich reden und stellte nur hin und wieder eine Frage.

Ich merkte beim Erzählen, wie sich meine Gedanken klärten und ordneten. Am Ende meines Berichts zog ich ein erstes vorsichtiges Resümee.

»Beides sind heiße Spuren, aber weder bei Huber noch bei dem Landrat hatte ich das Gefühl, einen Mörder vor mir zu haben. Der Landrat ist ein Lügner, dass sich die Balken biegen und korrupt bis zum Nummernkonto. Aber bei Huber bin ich mir sogar neunundneunzigpro sicher. Das konnte ich förmlich riechen. Der ist alles Mögliche: verarmt, verschuldet, verzweifelt, verlassen, aber kein Mörder! Da muss man eher befürchten, dass er sich eines Tages selbst Gewalt antut«, sagte ich.

»Eine Wette würde ich aber trotzdem darauf noch nicht abgeben. Wir sind heute schon früh durch das Dorf gezogen, Minka und ich, und haben alle Nachbarkatzen gefragt, die uns über den Weg liefen. Von zwei Seiten haben wir die Geschichte gehört, dass dein Kalli Vogel dem Huber vor ein paar Monaten eine große Summe Geld geliehen haben soll.«

Neugierig hob ich den Kopf. *»Wie passt das denn zusammen? Ich denke, die zwei haben sich fast geprügelt?«*

»Das weiß ich auch noch nicht, aber es muss um die Zeit gewesen sein, als Hubers Frau so schwer krank war. Kurze Zeit danach ist sie ja gestorben. Es soll sogar einen Vertrag gegeben haben zwischen den beiden. Jetzt, wo

Vogel tot ist, braucht er das Geld nicht mehr zurückzuzahlen. Das wäre doch auch ein Motiv.«

Ich überlegte eine Weile, schüttelte dann aber meinen Kopf. »*Wenn es nur um Motive geht, dann hätte er das schon früher haben können. Aber es muss auch die richtige Situation sein. Es zeigt sich nun immer deutlicher: Ich muss an den Tatort!*«, ich sah Pussy direkt an. »*Morgen früh gehe ich zu dem Ort, an dem Karl-Heinz Vogel erschlagen wurde.*«

Tatort Zilsdorf

Gegen Mittag erreichte ich die ersten Häuser von Zilsdorf. Auf meinem Weg entlang der B 421 sah ich von weitem bereits die drei Windkraftanlagen. Sie drehten sich ruhig und gleichmäßig im leichten Eifelwind.

Ich hielt einen Augenblick an und betrachtete die drei Stahlriesen, die in den blauen Himmel ragten, in Ruhe. Leise drang das Strömungsgeräusch der Flügel zu mir. Im Gegenlicht flirrten sie bei jedem Flügelschlag wie ein Stroboskop. Nachdenklich wanderte ich parallel zur Straße weiter.

Das Thema Umweltschutz wurde in meinem Zuhause in Bolsdorf leidenschaftlich von meinen beiden Versorgern diskutiert. Marieke, die Naturblonde, war Stammwählerin der Grünen.

Es gab bereits Solarkollektoren auf dem Dach, Regenwasser wurde für die Toilettenspülung genutzt, und Jonas experimentierte seit Neuestem auch mit EM, effektiven Mikroorganismen, um seinen Gemüsegarten zu verbessern und verpasste keine naturwissenschaftliche Fernsehsendung.

Aber Windräder gab es in Bolsdorf noch nicht und jetzt war ich ganz froh darüber.

Das kleine Zilsdorf mit seinen knapp 180 Einwohnern lag still in der Sonne. Ich überquerte in ein paar Sätzen die Schnellstraße und machte mich auf in Richtung des Bauernhofs, der ein wenig abseits vom Dorf lag.

Sehr vorsichtig ging ich entlang der Umfassungsmauer, die den Hof von Karl-Heinz Vogel eingrenzte, und näherte mich der großen Scheune.

Der Bauernhof hatte ein großes Wohnhaus mit angrenzendem Stall. Hinter der Scheune lag eine große Weide, auf der drei Kühe grasten. Es gab noch einen Garten hinter dem Wohnhaus mit Terrasse. Das Scheunentor war natürlich verschlossen und von der Polizei versiegelt worden. Hier gab es kein Reinkommen.

Bei einem kleinen Anbau entdeckte ich ein vergittertes, schmales Fenster, das offen stand. Mit einem Satz sprang ich hoch und hangelte mich durch das Gitter auf das morsche Fensterbrett. Ich war in einer Toilette mit Dusche für die Landarbeiter gelandet. Der Raum war lange nicht mehr benutzt worden. Die Türe stand einen Spalt auf und so sprang ich hinunter.

Ich schlüpfte durch die Toilettentüre und sah die große Scheune von innen. Es war ein einziger riesengroßer Raum, bis unters Dachgebälk offen. Ich hockte mich erst einmal hin und sah mich in aller Ruhe um. Auf dicken Holzpfeilern ruhte in ein paar Metern Höhe eine zweite Ebene mit etlichen Ballen Stroh und einem Heuhaufen. Eine senkrechte Holzleiter führte nach oben.

Entlang der gegenüberliegenden Seitenwand standen schwere Industrieregale mit allerhand Zeugs: Holzbohlen, Schaltafeln, verschiedene Leitern, zusammenklappbare Biertische und -bänke, alte Autoreifen, dutzende angebrochener Farbtöpfe und Lackdosen und etliches noch mehr. Davor standen zwei Schubkarren, Rasenmäher und Häcksler auf dem Boden. In der Mitte des Raumes ragte der große John Deere empor und neben ihm unter dem Heuboden ein langer Anhänger.

Rechts neben mir lehnte an der Wand ein altes Küchenbuffet aus den Fünfziger Jahren, Modell Gelsenkirchener Barock. Ich verzog die Barthaare. Hinter den teils gesprungenen Glasscheiben entdeckte ich ein paar Marmeladengläser und Konserven. Alles hier machte einen geordneten und wohlsortierten Eindruck.

Ich sah mich weiter auf der linken Seite um und entdeckte das blanke Chaos. Dort standen ein Metallspind und eine Werkbank mit zahlreichen Schubladen. An der Wand war eine Lochplatte befestigt und es hingen Werkzeuge an Haken daran. Alle Schubladen und Schranktüren waren aufgerissen und durchwühlt worden. Auf der Arbeitsfläche der Werkbank türmten sich mehrere Haufen mit Kabel, Schraubenpaketen, Werkzeug und Handmaschinen. Vor der Werkbank auf dem Boden war ein riesiger dunkler Fleck.

Neugierig ging ich darauf zu. Schon von weitem konnte man den süßlichen Verwesungsgeruch von Blut riechen. Mit weißem Klebeband waren die Umrisse eines Menschen auf dem Scheunenboden grob dargestellt. Auch an den nahen Schubladen und Türen waren Blutspritzer zu sehen.

Ich stellte mir vor, dass Karl-Heinz Vogel hier hilflos gelegen hatte und brutal erschlagen wurde. Das war unheimlich und richtete mir die Haare auf. Nervös fing ich an, mit dem Schwanz zu peitschen.

»*Willkommen auf der Gruselparty*«, krächzte es von weit her.

Ein Schreck durchzuckte mich und ich machte aus dem Stand einen Satz in die Höhe. Noch in der Luft fuhr ich abwehrbereit meine Krallen aus und fauchte lauthals. Ich hatte den Sprecher noch nicht gesehen, blickte mich aber blitzschnell um, ob ich in unmittelbarer Gefahr war, sah aber niemanden.

»*Was soll das?*«, schrie ich laut. Mein Herz raste wie verrückt.

Ein heiseres Lachen ertönte über mir und zu meinem Erstaunen erblickte ich einen getigerten Katzenkopf am Rande des Heubodens. Der mächtige Kopf gehörte zu einem in die Jahre gekommenen Kater, zahlreiche Narben und eingerissene Ohren zeugten von einem harten, freien und kampfreichen Leben.

»*Mann, hast du mich erschreckt. Was machst du hier?*«, *blöde Frage*, dachte ich noch im selben Augenblick; ich war einfach aufgeregt. »*Alles klar, du wohnst hier. Das ist dein Revier. Hör mal, ich will keinen Ärger, okay? Ich verschwinde sofort wieder, wenn es das ist, was du willst.*« In meiner Nervosität plapperte ich drauf los.

Der Katerkopf verschwand vom Bodenrand. »*Ganz ruhig, Süße. Mach dir nicht ins Fell. Warte, ich komm runter.*«

Fasziniert beobachtete ich, wie der große Kater am Heubodenrand entlang balancierte, dann über einen

Balken quer durch die ganze Scheune zu dem hohen Regal stolzierte. Vom Regal sprang er auf das Dach des Treckers, dann auf die Motorhaube, den Vorderreifen und von dort zu Boden.

»Die Nummer kannst du mir mal zeigen«, staunte ich bewundernd.

»Null Problemo, Schätzchen.«

»Das muss der Dorfmacho sein«, dachte ich. *»Ausgerechnet.«*

Er kam gelassen rüber, hockte sich vor mich hin und sah mich von oben bis unten an.

»Das dürfte der größte Kerl sein, der mir je auf vier Pfoten untergekommen ist«, dachte ich. *»Der ist ja noch größer als Cäsar«*, der Karthäuserkater aus meinem Heimatdorf.

Der Riese hatte ein dichtes, vollständig getigertes Fell, ohne Abzeichen und Blessen und fast gelbe Augen. Der Schwanz war schwarz geringelt, in seiner Linie muss es einen wilden Einschlag gegeben haben.

Der Pelz war nicht sonderlich gepflegt und am Schwanz fehlten ein paar Zentimeter. Auch seine Krallen waren nicht mehr vollständig, aber ihre messerscharfe Krummschwertgröße war Angst einflößend. Ich musste schlucken.

»I-ich wusste nicht, dass hier noch ein Artgenosse herumläuft«, stotterte ich.

»Das kann man ja auf einem Bauernhof auch nicht erwarten, nee Kleine?«, sagte der Kater leise grinsend.

»Ich hatte gehört, dass hier ein Mord passiert ist und wollte mir den Tatort ansehen.«

»Das war ja noch lahmer«, stöhnte ich innerlich.

»Ahaaa, wir sind auf Sightseeing-Tour durch die Mordseifel, was?«, der Kater wurde immer ironischer.

Und ich immer wütender. *»Nein, so ist das nicht. Der Mann, der hier ums Leben gekommen ist, hat mir mal das Leben gerettet. Und ich will herausfinden, wer das getan hat!«* Das ging ganz ohne Stottern und ich sah dem Kater fest in die Augen. *Na also.*

Er legte den Kopf etwas schräg und sein Blick wurde interessiert. *»Dann bist du vielleicht Jule?«*, und als ich verblüfft nickte, sagte er: *»Ich hab heute Nacht auf meinem Rundgang gehört, dass du aufgetaucht bist und überall rum fragst. Machst hier einen auf Detektivin, was?«*

»Ich bin meilenweit von einer Detektivin entfernt«, schnaubte ich, *»aber ich muss unbedingt herausfinden, was hier passiert ist. Wenn du hier lebst, hast du doch vielleicht was gesehen, oder?«*

Der Kater schüttelte den Kopf. *»Sorry, Babe. Aber an dem Tag war ich auf Tour. Ich lebe auch nicht wirklich hier. Die Frau des Hauses will keine Katzen in ihrer Nähe haben, weil sie eine Allergie hat. Ich wohne mal hier, mal da im Dorf und komme nur ab und zu vorbei, bleibe aber möglichst unsichtbar, wenn du verstehst, was ich meine. Ich bin ein Streuner.«*

Enttäuscht ließ ich die Schnurrbarthaare hängen. *»Wie heißt du eigentlich?«*, fragte ich schüchtern.

Mit einer angedeuteten Verbeugung stellte sich der Kater als *Rover*[8] vor. *»Den Namen habe ich mir selbst gegeben. Ich hab ein ziemlich ausgedehntes Revier und keinen festen Platz. Aber man kennt mich hier im Dorf und bei den meisten Häusern bekomme ich auch immer was* *zu fressen ab, nur hier eben nicht. Solltest du Hunger haben, musst du dich schon selbst versorgen.«*

Das war ja nicht sehr ermutigend, ich war an die Rastplätze an den Eifeler Hintertüren gewöhnt. Blieb ja noch die Mäusejagd. *»Kannst du mir denn etwas über den Kalli Vogel erzählen? Ich meine, was weißt du über ihn?«*, fragte ich nach einer Weile.

»Der war für einen Zweibeiner schon okay. Wenn er mich mal hier gesehen hat, dann wurde ich nicht gleich verjagt. Manchmal hat er mir sogar heimlich was zu fressen mitgebracht. Durfte nur seine Alte nicht wissen. Die macht nämlich hier die Ansage, weil ihr der Hof gehört. Ein richtiger Besen ist das. Nach außen hin tut sie immer ganz freundlich. Aber lass dich bloß nicht von ihr erwischen. Seit die Windräder vor dem Dorf stehen, ist er selbst zu Geld gekommen und hat angefangen, sich einiges rauszunehmen.«

Ich sah Rover fragend an. Die gelben Augen des Katers glitzerten verwegen. *»Dein Vogel hatte es faustdick hinter den Ohren, meine Süße. Hat ganz schön rumgemacht mit anderen Weibchen und so.«*

Mir fiel fast die Kinnlade herunter und ich glotzte den Kater mit fressnapfgroßen Augen an. *Hallo?! Das waren ja ganz andere Möglichkeiten.*

»Vor kurzem hab ich ihn dort oben auf dem Heustadel mit einem anderen Weibchen beobachtet«, erzählte er weiter. *»Seine Frau war ein paar Tage mit den Kindern weg, sonst hätte der bestimmt nicht so dreist sein können, ausgerechnet hierher eine andere mitzubringen.«*

»Aber so was spricht sich doch rasend schnell in einem Dorf herum«, murmelte ich fassungslos.

»Man darf sich natürlich nicht erwischen lassen«, der Kater mit Lebenserfahrung zuckte nur mit den Schultern.

»Wie sah sie denn aus?«, fragte ich weiter.

»So eine Blonde, Herausgeputzte, für menschliche Verhältnisse sah sie wohl ganz gut aus. Aber eine Beleidigung für unsere empfindlichen Katzennasen. Die muss in Parfüm gebadet haben. Hier aus der Gegend war sie jedenfalls nicht, sonst wäre die mir auf meinen Streifzügen früher schon aufgefallen.«

Ich war ziemlich verwirrt und wusste im ersten Moment nicht weiter. Wie passte das alles zusammen? Anstatt einfacher zu werden, kamen immer mehr Leute ins Spiel und es taten sich immer neue Spuren auf.

Und wenn Karl-Heinz Vogel das Geld gar nicht freiwillig gegeben hatte? War es möglich, dass Huber von dem Verhältnis Wind bekommen hatte und Vogel damit erpresste? War er deshalb bereit gewesen, Huber Geld zu geben?

»Sag mal, Rover«, fing ich an, *»hast du hier mal einen Mann gesehen, klein, drahtig, mit verstrubbeltem Fell auf dem Kopf?«*

Eine Weile war er still und dachte nach. *»Hier nicht, aber ein Stück weiter draußen auf den Feldern, ist aber ne ganze Weile her. Kam mit nem alten roten Trecker an.«* Die Beschreibung passte jedenfalls schon mal.

»Hast du gehört, was der mit Vogel zu bereden hatte?«, fragte ich.

Der Kater schüttelte seinen mächtigen Kopf. *»Ich war zu weit weg, auch mit Superohren war da nix zu verstehen. Aber ich hab abends hier in der Scheune beobachtet, wie der Vogel Geld aus einem Versteck geholt hat.«*

»*Woooo?*«, ich schrie fast.

Sogar Rover zuckte zusammen. »*Oben beim Heu. Da ist ein kleiner Verschlag unterm Dachjuchhee. Ich hatte den Nachmittag hier im Heu verschlafen und wurde geweckt, als Vogel raufkletterte und sich am Gebälk zu schaffen machte.*«

»*Zeig mir das bitte sofort*«, bettelte ich. Rover lachte laut auf.

»*Typisch Weiber, immer alles und immer sofort. Stets zu Diensten, gnä´ Frau.*« Er stand auf und ging hoch erhobenen Schwanzes vor mir her. Neben dem grünen Trecker duckte er sich und sprang mit einem Satz auf den Vorderreifen und von da weiter auf die Motorhaube. »*Na, dann folgen Sie mir mal unauffällig, Mylady*«, rief er von oben herab.

Ich schätzte die Höhe des Reifens und stieß mich kräftig mit den Hinterbeinen vom Boden ab.

Auf dem Reifen nahm ich den Schwung mit zum nächsten Sprung auf die Motorhaube.

»*Runter gehts leichter als rauf. Für das Kabinendach musst du einen kleinen Anlauf nehmen*«, riet er und machte es vor. Ich hinterher.

»*So, und jetzt pass auf. Siehst du da die überhängende Bohle? An der musst du dich festkrallen, sonst segelst du vier Meter abwärts.*«

Ich war aufgeregt und voller Spannung.

Er duckte sich und visierte die Holzbohle mit seinen gelben Augen an, dann machte er einen mächtigen Satz und schoss lang gestreckt auf das Brett zu. Er schlug seine scharfen Krallen ins Holz und strampelte mit den Hinterbeinen, bis er Tritt gefasst hatte und sich hochziehen konnte. Oben angekommen, drehte er sich zu mir um und blickte mich an. »*Jetzt bist du dran, Kleine*«, sagte er und machte ein wenig Platz für meine Landung.

Mein Herz klopfte bis zum Hals. Die Bohle war gut zwei Meter entfernt. Ich setzte meinen Körper voll unter Spannung. Mit einem kräftigen Tritt stieß ich mich vom Dach des John Deere ab. Ich machte mich so lang wie möglich und fuhr die Krallen aus. Knapp erreichte ich die Bohle und krallte mich am Rand fest. Aber ich hatte zuviel Schwung, und der drohte mich von der Bohle wieder wegzureißen.

Panisch krümmte ich mich, um mich auch mit den Hinterpfoten festzukrallen. So hing ich wie eine Fledermaus kopfüber an der Holzbohle fest.

Der Kater über mir prustete vor Lachen. »*So gehts natürlich auch.*«

Ich hangelte mich mit den Pfoten um die Bohlenkante herum, eher umständlich als elegant und blickte den Kater böse an. »*Hättest ruhig helfen können*«, maulte ich.

»*Von jetzt an gehts einfacher.*« Rover ging ein Stück auf dem Bohlenstapel entlang und sprang dann auf den Querbalken, der bis zum Heuboden reichte. Der Heuboden war in fünf Metern Höhe angebracht und nahm fast die Hälfte der Scheune ein. Etliche Rundballen Stroh waren hier gestapelt und ein großer Haufen Heu.

Rover folgte seinen eigenen Spuren zur hintersten Ecke. »*Willkommen in meinem Luxusapartment*«, sagte er.

»*Mal wieder vergessen, die Betten zu machen?*«, frotzelte ich zurück.

»Oh, die Putzfrau hat heute ihren freien Tag«, kicherte er.

»Zeig mir lieber, wo dieses Versteck ist, alter Angeber.«

Rover hockte sich vor die Dachschräge. *»Du stehst direkt davor.«*

Vor mir sah ich die dicken Dachbalken und Sparren und das nackte Wellblech der Dachdeckung. An einem Balken war eine kleine Holzverschalung angebracht. Neugierig stellte ich mich auf die Hinterpfoten und lugte über den Rand.

In einer Vertiefung lag ein altes Einkochglas mit einem Metallverschluss. In dem Glas konnte ich ein paar Blätter Papier und Geldscheine ausmachen. Viele Geldscheine. Ich überlegte fieberhaft, wie ich an das Glas herankommen konnte.

»Hast du schon mal versucht, daranzukommen?« fragte ich Rover.

»Kaum, Drei-Finger-Rover ist dazu leider nicht in der Lage«, sagte er und hob die verstümmelten Pfoten hoch.

Auf den Hinterpfoten stehend gelangte ich mit meinen Vordertatzen nicht ganz an das Glas. Ich kam nicht tief genug, um mit den Krallen unter den Verschluss zu fassen. Ich hatte mir vorgenommen, das Glas aus dem Versteck zu ziehen.

»Was nicht passt, wird passend gemacht«, dachte ich und suchte über die Schultern hinweg nach etwas, womit mich größer machen konnte. Aber außer Heu sah ich nur – Rover.

Ich bedachte ihn mit einem hellgrünen Blick und einem süßen Lächeln.

»Och neeee, Mädel«, verdrehte er die Augen, als er kapierte, was ich wollte. *»Das kannst du mit nem altem Kerl wie mir nicht machen. Ich könnte dein Großvater sein.«*

»Vielleicht bist du das sogar«, murmelte ich. *»Jetzt komm bitte, so schwer bin ich nicht.«*

Er seufzte leise: *»Weiber«*, trottete vor den Verschlag und hockte sich hin.

Ich stellte mich auf seinen Rücken und griff wieder in den Verschlag. Mit den Tatzen tastete ich mich an dem Deckelrand entlang und krallte mit beiden Pfoten den Metallverschluss ein. Dann stemmte ich mich kräftig dagegen und versuchte, das Glas aus dem Versteck rauszuheben.

Das Glas war verdammt schwer und ich zog mit aller Kraft daran. Endlich bewegte es sich ein paar Millimeter. Ich hielt einen Moment inne, holte tief Luft und mobilisierte alle Energie, die ich hatte. Ich zog das Glas über den Rand des Verschlages und ließ sofort los.

Es fiel klirrend zu Boden, zersprang aber nicht sondern rollte ein paar Zentimeter und blieb dann liegen. Neugierig gingen wir beide darauf zu. *»Danke Rover«*, sagte ich ein wenig atemlos. Wir beschnüffelten beide das Glas und sahen uns den Inhalt an: ein dickes Bündel Geldscheine und bedruckte Papiere. *»Das muss ein kleines Vermögen sein«*, meinte ich.

»Vielleicht sogar ein größeres«, sagte Rover. *»Kann ja sein, dass er vorhatte, sich mit einem jüngeren Weibchen abzuseilen.«*

Ich runzelte die Stirn und konzentrierte mich auf den Metallbügelverschluss. Aber es gelang mir nicht, ihn zu öffnen.

»Und jetzt?«, fragte der Kater.

»Isaak Newton«, sagte ich und rollte das Glas vor mir her auf den Rand des Heubodens zu. An der Kante gab ich dem Glas einen kleinen Schubs und sah zu, wie es die fünf Meter zum Boden fiel. Es knallte auf den Boden und zersprang in tausend Splitter. Mehrere Papiere entfalteten sich und das gerollte Geldbündel hüpfte auf den Boden. Wir traten den Rückweg an – über den Querbalken, das Hochregal, den John Deere.

Rover hatte Recht gehabt, runter ging es erheblich leichter.

Unten auf dem Boden näherten wir uns vorsichtig dem Scherbenhaufen. Ich hatte nicht vor, mir die Pfoten an den scharfen Glassplittern zu zersäbeln. Trotzdem blieb es nicht aus, dass ich den einen oder anderen Piekser abbekam.

Das Geld interessierte mich nicht so sehr wie die Papiere. Es waren zwei zusammengeheftete Blätter und als ich daran schnupperte und flemte, richteten sich mir die Haare auf. Ich erkannte einen schwachen Hauch von Hubers Geruch wieder, der dem Papier noch anhaftete[9].

Er war also tatsächlich hier gewesen und die Papiere waren mit Sicherheit ein Vertrag oder eine Quittung für das Geld, das Vogel Huber gegeben hatte.

»Mann, damit könnte ich mir einen Fünf-Sterne-Lebensabend machen!«, lachte Rover.

Ich sah ihn verständnislos fragend an und er zeigte mit der Pfote auf das Geldbündel. *»Du weißt doch: Katzen würden Whiskas kaufen. Nur stell dir mal das blöde Gesicht der Kassiererin im Supermarkt vor, wenn ich tatsächlich mit der Geldrolle hineinspaziert komme und*

Futter verlange.« Der Kater wollte sich fast ausschütteln vor Lachen. Es war eine schwachsinnige Vorstellung, aber ich musste mitlachen.

Ich packte die Papiere an einer Ecke mit den Zähnen und zog sie langsam und vorsichtig aus dem Scherbenhaufen raus.

Rover sah mir interessiert zu und machte es mir dann nach, indem er die Geldrolle am Gummi packte und auf Zehenspitzen aus der Gefahrenzone schlich.

Ich sah ihn von der Seite her an, *»du willft doff nich wigglich inkaufen gehn, odr?«*, fragte ich spöttisch, das Papier noch zwischen den Zähnen.

»De Spaff wärfs mir eijentlich wert«, kicherte er ebenfalls durch die Zähne und legte dann das Bündel Geld ab, *»aber ich musste gerade an meine Rente denken. Ich werde ja auch nicht mehr jünger. Es gibt da eine alte Frau in Stroheich, die mir immer was zu futtern abgibt. Ich denke, ich bewerbe mich als Untermieter in Vollpension bei ihr. Und die Miete bring ich gleich mit.«*

Verdattert starrte ich ihn an. *»Aber das Geld gehört dir doch nicht.«*

»Nein. Das gehörte dem toten Vogel, aber der kanns ja nun nicht mehr verwenden, oder?«, Rover sah mich herausfordernd an, *»also was soll's?«*, seine gelben Augen funkelten böse.

»Hey, nimm das Geld und geh nach Stroheich oder dahin, wo der Pfeffer wächst, ich bin nicht daran interessiert. Ich hab, was ich wollte.«

Der Kater war einfach zu groß und stark zu für mich, auf eine Herausforderung konnte ich gut verzichten. Lieber den geordneten Rückzug antreten.

»Ich bin nicht auf Zoff aus«, sagte ich und zog die Papiere weiter mit mir.

Rover packte das Geldbündel erneut am Gummi und marschierte Richtung offenes Toilettenfenster. Mit einem Satz sprang er auf die Fensterbrüstung. Ich sah ihm nach. *»Ich frag mich gerade, warum Vogel sein Versteck so weit oben hatte. Ist doch ziemlich umständlich, dran zu kommen.«*

»Och, so dumm war das gar nicht mal«, meinte Rover noch zum Abschied. *»Weißt du, die Dame des Hauses hat nicht nur eine Katzenallergie, sondern auch Höhenangst.«* Dann sprang er runter und war weg. Ein graugetigerter Vagabund mit einem Geldbündel in der Schnauze.

Ich hatte mich mit den Papieren unter den Anhänger verkrochen und hockte mich erst einmal hin, um meine gespickten Pfoten zu untersuchen. Vorsichtig zog ich ein paar kleine Glassplitter aus den Ballen und leckte die Blutstropfen ab. Dann beschnüffelte ich noch mal gründlich die Papiere vor mir.

Ich konnte schwach zwei Gerüche unterscheiden, nur den von Huber erkannte ich wieder. Das luftdichte Glas hatte die Duftstoffe konserviert.

Huber hatte also Geld von dem Toten bekommen. Das Rätsel, ob Karl-Heinz Vogel freiwillig gezahlt hatte oder durch Erpressung, war noch zu lösen.

»Darum könnte sich ja eigentlich auch die Polizei kümmern«, überlegte ich. Ich würde unterdessen herausfinden, ob sich hier vielleicht ein Eifersuchtsdrama abgespielt hat. Ich entspannte mich erst einmal bei einem ausgiebigen Fellputzen.

In meinem Kopf formte sich allmählich ein Plan. Ich wollte mir das Wohnhaus von Vogel und seiner Familie genau ansehen und seine Witwe beobachten. Natürlich, ohne dass ich dabei entdeckt würde. Dann wollte ich nach einer Gelegenheit suchen, die verdächtigen Papiere abzulegen, wo man sie auf jeden Fall finden würde. Alles Weitere würde sich daraus entwickeln.

Trier, in medias res

Die Redaktionskonferenz drohte fast im Chaos zu versinken. Im Medienhaus in Trier war es lange nicht mehr so kontrovers hergegangen.

Der Journalist Oliver Trust hatte zwei Tage lang recherchiert, telefoniert und war kreuz und quer durch die Eifel gefahren, um mit Leuten zu sprechen.

Dabei hatte er herausgefunden, dass Windkraftanlagen nicht nur in den ausgewiesenen Konzentrationszonen des Flächennutzungsplanes im Landkreis Vulkaneifel aufgestellt worden waren sondern auch außerhalb. Mindestabstände zu Grenzen und Immissionsgrenzwerte waren nicht eingehalten worden.

Beschwerden hatte der Landrat persönlich abgebügelt und Einsprüche waren auf dem Dienstweg plötzlich verschollen.

Bei vielen Betroffenen war die Stimmungslage inzwischen gegen die Windräder gerichtet. Sie waren abgestoßen von der massiven Ausbreitung der Anlagen und enttäuscht, so wenig Unterstützung seitens der Politik zu erhalten. In etlichen Gemeinden waren die

Windräder Prestigeprojekte, mit denen sich Verwaltungen schmückten.

Bei der Eifel-Energie-Agentur GmbH in Aachen hatte er um einen Interviewtermin mit Herrn Beneck nachgefragt, war aber von der Sekretärin abgewimmelt worden.

Nachts hatte Oliver Trust an seinem Laptop gesessen und alles niedergeschrieben. Zusammengenommen hatte er kaum sechs Stunden geschlafen, inzwischen lagen dunkle Schatten unter seinen blauen Augen. Dann hatte er alles zusammengefasst und seinen Bericht mit dem Scheck dem Chefredakteur des Trierischen Volksfreundes vorgelegt.

Die Story, dass ein Landrat nachweisbar der Bestechung überführt wurde, schlug ein wie eine Bombe und drohte sogar den schrecklichen Flugzeugabsturz in einer chinesischen Provinz von der Titelseite zu verdrängen.

»Gutgutgutgutgut«, sagte Chefredakteur Weber und rieb sich die Hände, sein Blutdruck war während der letzten Stunde auf bedenkliche Höhen geklettert, »den Hammer haben wir exklusiv. Wir gehen damit First-online[10] und nehmen Reaktionen darauf noch mit in die Zeitung.«

Der Chefredakteur wandte sich an die Kontakterin der Zeitung. »Wenn sich Köln oder Berlin dranhängen wollen, gerne. Zu den üblichen Bedingungen.«

Weber wandte sich wieder seinen Redakteuren zu. »Die Story kriegt einen Rahmen auf der Titelseite mit Kurzfassung und die komplette dritten Seite mit dem ausführlichen Bericht. Den Absturz in China setzen wir unterhalb auf den Titel, dann wird der halt kürzer. Wir sind ein regionales Blatt und in China ist schließlich kein Deutscher umgekommen.« Er drehte sich zu dem Reporter um. »Mein lieber Oliver, du siehst aus wie der Tod auf Socken. Wann hast du das letzte Mal eigentlich geschlafen? Egal, du hast eine Stunde Zeit, um dich auf meiner Couch im Büro zu erholen. Dann setz dich an den Computer und schreib mir einen Artikel, dass es kracht. Ich telefoniere inzwischen mit Wohlgemuth und Benneke und nehme deren Stellungnahme auch noch auf.«

Das Gesicht des Chefredakteurs war gerötet und seine Wangen glänzten in Vorfreude auf das Telefongespräch.

Später in Daun

Kriminaloberkommissar Wolf riss die Bürotüre auf und rief seiner Kollegin zu: »Gerade hatte ich einen Anruf von Frau Vogel. Die wollte einen Anzug ihres Mannes für die Beerdigung morgen ausbürsten und hat darin einen Vertrag gefunden zwischen Heinrich Huber und ihrem Mann. Der Huber hat vergangenes Jahr 30.000 Euro von Vogel bekommen.«

Sybille Diesel sah überrascht drein: »Wie passt das denn zusammen? Ich denk, die haben sich gehasst?«

Sigmund Wolf zuckte mit den Schultern: »Das weiß ich auch noch nicht. Komm, wir fahren nach Zilsdorf, ich will den Vertrag erst sehen.

Und den Kevin Leimann schicken wir zum Huber, er soll ihn beschatten.«

Kriminalkommissarin Diesel schnappte sich ihre Jeansjacke und eilte ihrem Kollegen durch die Flure der Polizeiinspektion zum Parkplatz hinterher.

Mit dem Auto fuhren sie die vierzehn Kilometer über Dockweiler und Betteldorf bis nach Zilsdorf zum Hof der Vogels.

Jutta Vogel hatte vom Küchenfenster den Polizeiwagen in den Hof kommen sehen und ging zur Haustüre, um sie zu öffnen.

Sie trug eine schwarze Hose mit einer dunkelblauen Bluse und bis auf den Ehering keinerlei Schmuck. Ihr rundes Gesicht war blass, Augen und Nase waren ziemlich gerötet.

Sie zog die Haustüre in dem Moment auf, in dem die beiden Kommissare davor standen. »Guten Tag«, sagte sie mit ruhiger Stimme, »vielen Dank, dass Sie sofort vorbeigekommen sind. Kommen Sie mit, ich hab den Vertrag im Wohnzimmer liegen.« Sie ging voraus durch den Flur.

Das Wohnzimmer war ein heller und großer Raum. Eine lange Fensterfront zeigte zur Terrasse und zum Garten, die Balkontüre stand einen Spalt auf. In einer Fensterecke stand ein großer ovaler Esstisch mit acht Stühlen. Eine Couchlandschaft aus hellem Leder teilte den Raum für den Wohnbereich ab, ihr gegenüber standen an der Wand moderne Ahornschränke und Vitrinen. In der Mitte tronte ein großer LCD-Fernseher.

Jutta Vogel ging zu der Couch und setzte sich langsam hin. Ihre Bewegungen waren sehr beherrscht und sparsam.

Die beiden Polizisten folgten ihr. Auf dem niedrigen Wohnzimmertisch lagen zwei etwas zerknitterte und angeschmutzte DIN-A-4-Blätter.

Frau Vogel zeigte mit ihren Fingern darauf und begann zu erzählen: »Ich hatte den guten Anzug von meinem Mann herausgelegt und wollte ihn noch mal ausbürsten. Der Bestatter kommt heute Nachmittag, um ihn abzuholen. Als ich die Jacke ausschütteln will, fallen da Papiere raus. Ich heb sie auf und seh mir das an. Sie waren zerknittert und etwas schmutzig, aber es war ein Vertrag zwischen meinem Mann und Heinrich Huber über eine Geldsumme von 30.000 Euro. Und ich habe keine Ahnung, warum mein Mann ausgerechnet dem Geld gegeben hat. Wo der uns doch so viel Ärger gemacht hat.«

Die Witwe schniefte ein paar Mal und zog aus ihrer Hosentasche ein Taschentuch.

Sybille Diesel nahm aus ihrer Jacke ein Paar dünne Latexhandschuhe und streifte sie über ihre Hände. Dann ergriff sie die beiden Seiten und fing an, laut vorzulesen.

»Darlehensvertrag zwischen Karl-Heinz Vogel, Zilsdorf – Kreditgeber und Heinrich Huber, Walsdorf – Kreditnehmer

1. Darlehensgewährung

   Der Darlehensgeber gewährt dem Darlehensnehmer ein verzinsliches Darlehen in Höhe von 30.000 EUR (in Worten dreißigtausend Euro). Der Darlehensnehmer bestätigt mit seiner Unterschrift unter diesen Darlehensvertrag den Erhalt des Darlehensbetrages.

2. Verzinsung

   Das Darlehen ist mit 5 % p.a. zu verzinsen. Die anfallenden Zinsen sind jährlich zu begleichen.

3. Tilgung

   Das Darlehen ist jederzeit mit einer Frist von drei Monaten kündbar und innerhalb von drei Monaten nach Zugang der Kündigung einschließlich der bis dahin aufgelaufenen Zinsen zurückzuzahlen.

4. Schlussbestimmungen

Dieser Vertrag gibt die vollständige Vereinbarung der Vertragsparteien wieder. Mündliche Nebenabreden bestehen nicht. Änderungen und Ergänzungen des Vertrages bedürfen der Schriftform. Dies gilt auch für ein Abweichen vom Schriftformerfordernis.

Gerichtsstand und Erfüllungsort ist Walsdorf.

Sollten eine oder mehrere Bestimmungen dieses Vertrages unwirksam sein oder werden, berührt dies die Wirksamkeit der übrigen Bestimmungen nicht. Die unwirksame Regelung ist durch eine wirksame zu ersetzen, die dem rechtlichen und wirtschaftlichen Willen der Vertragsparteien am nahesten kommt.

Dann folgen Datum und Unterschriften von beiden. Das Datum ist vom vergangenen Jahr.«

Kommissar Wolf wendete sich der Frau zu: »Hat ihr Mann nie darüber gesprochen?«, fragte er.

»Nicht eine Silbe. Das wundert mich ja noch mehr. Wir haben immer über alles gesprochen«, sagte Jutta Vogel sehr bestimmt. »Ich hätte auch nie zugestimmt, wenn mich der Kalli gefragt hätte, ob er dem Huber Geld leihen soll.«

»Nun ja, Frau Vogel, kann es sein, dass Ihr Mann das geahnt hatte und es deshalb verschwiegen hat?«, Sigmund Wolf gab wieder mal den vertraulichen Teddybären, seine Kollegin Diesel registrierte das mit kurzem Seitenblick.

»Völlig ausgeschlossen«, Jutta Vogel saß jetzt kerzengerade auf der Couch, »wir hatten nie Geheimnisse voreinander.« Wieder schniefte sie und tupfte sich mit dem Taschentuch die Nase ab.

Die Kommissarin hatte sich in ihrer Laufbahn schon oft über derart lebensfremde Überzeugungen gewundert. Sie hatte ein wenig Mühe, ihre Mimik zu beherrschen und Augenbrauen und Mundwinkel nicht zu verziehen.

»Mich wundert es ein wenig, dass keine genaue Laufzeit und Tilgung dort aufgeführt wurde«, warf Sybille Diesel ein.

»Das ist mir auch aufgefallen.« Frau Vogel wurde das erste Mal etwas lebhafter, sie strich sich mit der Hand eine dunkle Haarsträne aus der Stirn. »Normalerweise schreibt man doch bei einem Darlehen, wie viel man im Monat an Raten zu zahlen hat. Aber nichts davon. Als wenn er das Geld auf unbestimmte Zeit verliehen hätte.«

Eine Träne lief ihr die Wange hinunter. »Von meinem Mann Geld zu bekommen und ihn dann hinterrücks erschlagen. Ich hoffe, Sie buchten diesen Mistkerl jetzt ein und schmeißen den Schlüssel weg«, sagte Frau Vogel tonlos. Sie starrte eine Weile vor sich hin und ihre Hand richtete eine Fernsehzeitung auf dem Wohnzimmertisch exakt zum Rand aus.

Sybille Diesel hatte einen Kunststoffbeutel aus ihrer Jacke gefischt, verstaute vorsichtig die Papiere darin für weitere Untersuchungen und verschloss ihn. Dann zog sie die Handschuhe wieder aus. »Dürfte ich mir mal die Hände im Bad waschen?«, fragte sie die Hausfrau.

»Natürlich«, sagte Jutta Vogel abgelenkt, »im Flur rechts die zweite Türe.«

Kommissarin Diesel ging in den Flur und suchte das Badezimmer. Wie angegeben fand sie es und ging hinein. Sie betrat eine moderne Wellnessoase in edlen Bordeaux- und Perlgrautönen, mit einer großen Eckbadewanne und Sprudeldüsen, einer geräumigen und barrierefreien Dusche mit Glasabtrennung, zwei Waschbecken und einem WC hinter einem gemauerten Raumteiler. Italienische Fliesen zierten Wände und Boden Die Kommissarin stieß einen leisen Pfiff aus. Die Windräder müssen verdammt viel Geld einbringen, dachte sie, das Bad hat locker 40.000 Euro gekostet.

Sie ging auf die Waschbecken zu und drehte den Wasserhahn auf. Vor ihr auf der Ablage sah sie Antihistamine und ein cortisonhaltiges Nasenspray stehen. Sie runzelte die Stirn, rote Augen und eine schniefende Nase passten zu einer trauernden Witwe ebenso gut wie zu einem Allergiker, überlegte sie.

Sie trocknete sich die Hände ab, nahm die Medikamente in die Hand und las sich den Aufdruck durch. Dann stellte sie diese wieder zurück auf die Ablage und ging ins Wohnzimmer zurück.

Ihr Kollege Wolf befragte weiterhin die Witwe, wie es vor Jahren zu dem Bau der Windräder gekommen war und sie erteilte sachlich und ruhig Auskunft.

Sybille Diesel sah sich im Wohnzimmer genau um, alles machte einen top gepflegten Eindruck. Porentief rein, fiel ihr spöttisch ein alter Werbespruch ein. Für einen Wohnraum waren kaum Stoffe vorhanden, keine Gardinen, Couch und Stühle waren mit Leder bezogen, nur ein paar wenige Kissen gab es, der Bodenbelag war Laminat, auf dem Esstisch gab es keine Tischdecke, dort war eine Holzschale mit viel Obst arrangiert. Sybille Diesel tippte auf Hausstauballergie, das würde zu der textilarmen Umgebung passen. Jutta Vogel nieste plötzlich mitten im Satz.

»Gesundheit«, sagte die Kommissarin mitfühlend, »ich weiß, wie das ist, wenn man unter Allergien leidet. Ich habe die Medikamente im Bad gesehen.«

Sigmund Wolf sah Sybille Diesel kurz fragend an, er wusste von keiner Allergie seiner Kollegin.

»Ja, ich habe eigentlich eine Katzenallergie, aber wir haben hier keine Katzen. Seit zwei Tagen schwellen mir die Schleimhäute zu. Nur mit dem Cortison kriege ich überhaupt Luft. Ich weiß auch nicht, woher das plötzlich kommt«, stöhnte Frau Vogel gequält.

Eine Hausstauballergie ist das Kreuzallergen zur Katzenallergie, dachte die Kommissarin, das solltest du eigentlich wissen. Alles Theater, hatte Sybille Diesel plötzlich den Verdacht, diese Frau ist für meinen Geschmack viel zu kontrolliert. Sie beherrscht und lenkt die Situation, nicht wir.

Die beiden Polizisten sahen sich kurz an und standen dann gleichzeitig auf. »Ich danke Ihnen, dass Sie uns ein so wichtiges Beweisstück überlassen«, meinte Kommissar Wolf zum Abschied.

»Das ist selbstverständlich, ich will, dass der Huber hinter Gitter kommt.« Jutta Vogel erhob sich ebenfalls und brachte die beiden zur Türe.

Draußen stiegen die Polizisten in ihren Dienstwagen und fuhren vom Hof runter die L 421 in Richtung Walsdorf.

Zilsdorf Scheune

Ich hatte mich auf den benachbarten Feldern mit mehreren Mäusehäppchen versorgt und kam mit einer weiteren Maus im Maul zur Scheune zurück, um sie als späteren Snack zu verwahren.

Ich sah das Polizeiauto um die Ecke biegen, als ich durch das offene Fenster wieder in die Scheune einsteigen wollte.

Ich sprang hinein, ließ die Maus auf dem Boden liegen und wartete, bis ich hörte, wie zwei Zweibeiner auf die Haustüre zugingen und ins Haus gelassen wurden.

Schnell machte ich kehrt und lief von der Scheune um das Wohnhaus in den Garten hinein. Vorsichtig schlich ich mich am Sockel entlang unterhalb der Fensterfront auf die offen stehende Terrassentüre zu. Hier konnte ich alles mithören.

Wie ich es mir gedacht hatte, war mein Plan aufgegangen. Ich hatte in den letzten anderthalb Tagen das Wohnhaus genau beobachtet, war in günstigen Momenten eingestiegen und hatte mich innen umgesehen.

Der Wohnbereich machte einen sauberen, fast schon sterilen Eindruck. Aufdringlich scharfe Gerüche nach Putzmitteln strapazierten aber jede meiner Inspektionen.

Heute Morgen hatte ich dann den Männeranzug auf dem Bett liegen und darin die Gelegenheit gesehen, die Papiere aus dem Glas-Safe unterzubringen. Schleunigst lief ich zur Scheune zurück. Zuerst hatte ich versucht, mit den Papieren das Toilettenfenster hochzuspringen, aber das funktionierte nicht.

Also schob ich den Vertrag einfach unter dem Scheunentor nach draußen, sprang durchs Fenster und holte mir um die Ecke die Papiere ab. Man muss sich nur zu helfen wissen.

Dann schlich ich mich ins Haus zum Bett und stopfte mit den Pfoten die Blätter in den Anzug. Gerade noch rechtzeitig flüchtete ich unters Bett, als die Frau des Hauses ins Schlafzimmer kam. Als ich mich später heimlich nach draußen schlich, hörte ich sie mehrmals lauthals niesen.

Als sich die Polizisten jetzt verabschiedeten, trabte ich wieder zu meinem Versteck in der Scheune. Die Maus hatte ich mir jetzt als Belohnung verdient.

In der Scheune hatte ich mich im John Deere häuslich eingerichtet und meistens auf dem gepolsterten Fahrersitz geschlafen. Ich verzog mich dahin zurück und fing an, mich ausgiebig zu putzen.

Die lang anhaltende Fellpflege dient nicht nur der Katzenhygiene, sie hat auch therapeutische Vorteile: eine Katze kann dabei herrlich entspannen – und am besten nachdenken.

Ich hatte, seit ich hierher gekommen war, die Frau von Kalli Vogel genau beobachtet und mein Instinkt warnte mich vor ihr. Ich wusste nicht, warum es mir jedes Mal im Nacken kribbelte, wenn ich sie sah, aber ich war auf der Hut.

Objektiv konnte man ihr gar nichts nachsagen. Sie hatte alles im Griff, war ihren erschütterten Kindern eine starke Stütze, regelte ihren Haushalt perfekt, als wenn nichts passiert wäre, bereitete die Beerdigung ihres Mannes vor und hatte Trost und Zuspruch für jeden, der anrief oder vorbeikam.

»Fast schon heroisch«, dachte ich.

Trotzdem erschien mir die Ruhe und Sachlichkeit, mit der sie das alles handhabte, beinahe zombiemäßig.

Wenn ich ihr näher kam, witterte ich von meinen diversen Verstecken bei Jutta Vogel eine unterdrückte Wut und Angst, die ihr aus allen Poren drang. Wenn sie sich alleine wähnte, starrte sie für Momente dumpf vor sich hin, die Augen weiteten sich entsetzt, als würden sie Bilder verfolgen, die zu unheimlich waren. Sie atmete flach und stoßweise.

Dabei krallte sie ihre Fingernägel in die Unterarme und presste die Lippen fest aufeinander, um nicht schreien zu müssen. Ihre Arme hatten viele Kratzspuren, weshalb sie nur noch langärmlige Blusen und Shirts trug.

Diese Frau voller Angst verbarg etwas, das wurde mir klar. Und sie verbarg es auch vor der Polizei. Sie hatte es verdammt eilig gehabt, Huber als den Mörder ihres Mannes hinzustellen.

Mir fiel meine Unterhaltung mit Rover ein, als er erzählte, er hätte Kalli Vogel oben in dem Heu mal mit einem anderen Weibchen in Flagranti ertappt. Nachdenklich starrte ich zu dem Heuboden herauf.

»Genug Fellpflege!«

Ich stand auf und dehnte und streckte mich ausgiebig. Dann startete ich erneut die anspruchsvolle Klettertour nach oben über das Kabinendach des Treckers, das Hochregal, den Querbalken. *»Mit der Zeit geht das immer besser«,* dachte ich oben angekommen auf dem Balken. Ich balancierte zum Heuboden und fing an, intensiv zu schnüffeln. Ich schnüffelte an den Rundballen, witterte dort aber nur eine alte Markierung von Rover. Dann umkreiste ich den Heuhaufen. In einer Nische, die von vier Strohballen abgeteilt war, begegnete ich anderen Duftmolekülen. Mit ein paar Sätzen sprang ich dorthin und nahm intensiv Witterung auf. Ich erkannte einen Duft von den Papieren wieder. Das musste der Geruch von Karl-Heinz Vogel gewesen sein.

Es gab aber auch noch einen zweiten, etwas aufdringlichen Duft, den ich noch nicht kannte. Der roch nicht nur nach Mensch sondern hatte auch einige künstliche Aromen. *»Wahrscheinlich die Parfum-Lady«,* konstatierte ich. Ich stapfte ein paar Schritte weiter durch das weiche Heu, als mich eine Duftwolke umwehte. Ich blieb stehen, und versuchte, die Quelle des Geruchs zu finden. Mit den Pfoten fing ich an, im Heu zu scharren und hatte plötzlich einen Stoff an den Krallen hängen.

Ich zog das Teil aus dem Heu heraus und sah, dass es sich dabei um einen roten Spitzen-BH handelte. *»Wenn ich in der Lage wäre zu pfeifen, dann wäre das die einzig korrekte Reaktion darauf«,* dachte ich. Ich hielt mit einer Kralle den BH in die Höhe.

Ich schnüffelte intensiv an dem reizvollen Stoff, das roch eindeutig nach einem Weibchen, aber nicht nach der Frau von Vogel. Außerdem hatte er einen zusätzlichen künstlichen Geruch. Eben Parfum.

Der Größe nach konnte der unmöglich der dicken Jutta Vogel gehören, der rote Fummel hatte eher Modelmaße.

Ich legte den BH vor mir ab und hockte mich hin. Grübelnd starrte ich das rote Ding an. Rivalitäten waren mir in der Katzenwelt nicht fremd.

Unter Katern waren Kämpfe meisten ritualisiert mit viel Getöse und wenig Blessuren. Kater schlagen gezielt gegen die gut gepolsterten und durch dickes Fell geschützten Körperpartien. Bei Weibchen musste man schon vorsichtiger sein, da wurden Kämpfe auch sehr ernst durchgeführt, vor allem, wenn es kleine Kätzchen zu verteidigen galt.

Wenn Rover Recht hatte und das fremde Weibchen tatsächlich so stark parfümiert war, dann sollte es doch möglich gewesen sein, dass auch die eifersüchtige Frau Vogel den aufdringlichen Duft gerochen hat.

Einer Frau, deren Haushalt beinahe klinisch sauber ist, und die einen ausgeprägten Kontrollzwang hat, der kann doch ein fremdes Parfum nicht entgehen, führte ich meine Gedanken weiter aus.

»Und wenn sie ihren Mann zur Rede gestellt hat? Und dabei ist es zu einer mörderischen Auseinandersetzung gekommen?« Ich versuchte mir, die Szene vorzustellen – und schlief ein.

Aachen

Es war das erste Mal in ihrer zehnjährigen Firmenzugehörigkeit, dass die Sekretärin von Jan Benneke ihren Chef durch die geschlossene Bürotüre toben hörte. Der sonst so beherrschte Mann schimpfte lauthals am Telefon auf den Landrat Helmut Wohlgemuth ein.

»Seit gestern laufen bei mir die Telefone heiß. Aus Daun bekomme ich die Info, dass meine Anträge für weitere Windkraftanlagen erst einmal auf Eis gelegt werden und aus Brüssel die Nachricht, dass Zahlungen bis auf weiteres zurückgehalten werden. Es bestände noch Aufklärungsbedarf über ein paar Ungereimtheiten. Und soeben ruft mich jemand aus der Redaktion des Trierischen Volksfreundes an und fragt, ob ich Stellung beziehen möchte zu einem Artikel, der morgen erscheint und der besagt, dass ich über 12.000 Euro an Sie gezahlt habe. Vielleicht verraten Sie mir einmal, wie die Presse so plötzlich Wind davon bekommen hat, Sie angeblicher Vollprofi!«

Landrat Wohlgemuth am anderen Ende der Leitung büßte gerade ein paar Zentimeter seiner stattlichen

Körpergröße ein. »Ich habe keine Ahnung, woher die das haben, aber es ist bereits im Internet zu lesen. Was glauben Sie, was bei mir los ist. Ich gehe nur noch ans Telefon, wenn ich die Nummer kenne«, erwiderte er.

»Was haben Sie mit dem Scheck gemacht?«, blaffte Jan Benneke ihn an.

»In den Safe gelegt, was denken Sie denn«, gab Wohlgemuth genau so laut zurück, doch dann musste er kleinlaut zugeben: »Aber da ist er nicht mehr.«

»Waaaaaass?«, schallte es ihm so laut entgegen, dass sich Landrat Wohlgemuth den Hörer vom Kopf weg halten musste.

»Ich hatte den Scheck nach Ihrem Besuch weggeschlossen und heute früh den Safe erst wieder geöffnet, nachdem die ersten Meldungen rein kamen. Er ist nicht mehr da! Und es gibt nicht den geringsten Hinweis auf einen Einbruch«, sagte Helmut Wohlgemuth matt. Er hatte Schweißperlen auf der Stirn und fühlte sich erschöpft wie nach einer Haushaltsplansitzung, nur dass er diesmal kein Ergebnis vor sich hatte, auf das er stolz sein konnte. Was immer auch passiert war, es konnte ihn politisch beerdigen. »Es ist wie verhext.«

»Was ist mit dem Interview, dass Sie nach meinem Besuch hatten?«

Wohlgemuth wiegelte ab. »Ausgeschlossen! Der Reporter ist nicht mal in die Nähe des Safes gekommen und woher sollte der auch wissen, wo der ist.«

Für ein paar Augenblicke war es still in der Leitung, dann sagte Jan Benneke gefährlich leise: »Sie schaffen dieses Debakel aus der Welt. Streiten Sie alles ab, behaupten Sie, es wäre eine Lüge.«

»Ich weiß selbst, was ich zu tun habe«, funkte Wolgemuth wütend dazwischen. Er hatte nicht vor, sich auch noch vorschreiben zu lassen, wie er sich zu verhalten habe. Klein beizugeben kam für ihn nicht in Frage, dazu hatte er sich zu lange hoch gekämpft.

»Ich habe für morgen früh eine Pressekonferenz anberaumt. Ich werde dem Trierischen Volksfreund seine Unverschämtheit in den Rachen würgen«, versprach er mit mehr Zuversicht, als er tatsächlich verspürte.

»Das hoffe ich. Für Sie!«, zischte Jan Benneke. Er dachte daran, sofort im Anschluss seinen Rechtsanwalt anzurufen. Er musste sich unbedingt beraten lassen. Es wäre auch gut, selbst schon mal eine Presseerklärung vorzubereiten, dachte er.

In den letzten zwei Stunden hatten die Telefonanfragen und Emails von Journalisten bei seiner Sekretärin exponentiell zugenommen.

Helmut Wohlgemuth beendete das Telefonat und setzte sich in seinen Bürostuhl. Er legte die Hände auf die Schreibtischunterlage und stierte vor sich hin.

Sein schwarzer Kater Black Jack hatte die ganze Zeit über auf der Couch gelegen und alles mitgehört. So nervös hatte er seinen Dicken noch nie erlebt. Er ließ sich von der aufgeheizten Stimmung angestecken und sein Schwanz zuckte hin und her.

Das Telefon klingelte erneut und die Miene des Landrats verzog sich grimassenhaft. Er hob den Hörer ab und begrüßte seinen Gesprächspartner mit großem Enthusiasmus. »Mein lieber Kurt, das ist eine angenehme Überraschung. Was kann ich für S... «, er hörte ein paar Augenblicke zu und versuchte durch Einwürfe, sich zu erklären. »Natürlich nicht, ich habe .... Nur eine Spende, alles korrekt .... «

Helmut Wohlgemuth wurde um einen Schein blasser. »Selbstverständlich, Herr Ministerpräsident«, sagte er leise und legte auf.

Hubers Hof in Walsdorf

Die Kommissare Sigmund Wolf und Sybille Diesel fuhren auf den Hof von Heinrich Huber vor. Ihr Assistent Kommissaranwärter Kevin Leimann sollte mit einem zweiten Polizeiwagen die Hofeinfahrt versperren.

Heinrich Huber hörte den Wagen und kam aus dem Stall, wo er seine Kühe gerade versorgte. »Was wollen Sie denn schon wieder hier? Ich hab doch schon alles gesagt«, maulte er die Polizisten übelgelaunt an.

»Da sind wir aber anderer Meinung, nicht wahr, Siggi?«, konterte Sybille Diesel zurück. »Vielleicht setzen wir uns erst mal in ihre gemütliche Küche und unterhalten uns über das, was Sie uns nicht gesagt haben«, sagte ihr Kollege mit ironischem Unterton.

Huber sah beide misstrauisch an und entdeckte dann den zweiten Polizeiwagen, der die Hofeinfahrt blokkierte. Unter seiner wettergegerbten Haut wurde er etwas blasser.

»Bitte, nach Ihnen«, sagte Kommissarin Diesel und wies mit der Hand auf die Haustüre. Heinrich Huber brummte etwas, ging voraus und gewohnheitsmäßig streifte er die dreckigen Gummistiefel an der Türe ab, bevor er hineinging. Im Hausflur schlüpfte er in seine ausgelatschten Schlappen und ging voran zur Küche. »Wollen Sie nen Kaffee oder was Wasser?«, brummte er.

»Danke, nichts«, sagte Kommissar Wolf und eröffnete die Befragung. »Erzählen Sie uns doch bitte, wofür die 30.000 Euro waren, die Sie von Karl-Heinz Vogel bekommen haben?«

Der Bauer starrte sie mit großen Augen an. Er hatte damit gerechnet, dass sie ihn erneut zu dem Mord befragen wollten.

Dass die Polizei über das Geld stolpern würde, daran hatte er nicht gedacht. Er brauchte ein paar Augenblicke, um zu überlegen.

»Was für 30.000 Euro?«, versuchte er es.

Kommissarin Diesel zog aus ihrer Jacke die Plastikhülle mit den Vertrag und hielt ihn demonstrativ hoch. Ihr Kollege Wolf meinte dazu lakonisch: »Bitte, strapazieren Sie doch nicht unsere Geduld, Herr Huber. Sie haben von Vogel 30.000 Euro im vergangenen Jahr erhalten. Es interessiert uns, wie der Mann Ihnen Geld geben konnte, wo ihr doch so spinnefeind miteinander wart. Also, wie war das?«

Heinrich Huber war beim Auftauchen des Vertrages noch blasser geworden. Seine Schultern sanken ein wenig tiefer.

»Herr Huber«, sagte Sybille Diesel ruhig, »wir wissen, dass Vogel Ihnen das Geld nicht freiwillig gegeben hat und der Vertrag sieht auch eher so aus, als wenn Sie niemals die Absicht gehabt hätten, es zurückzuzahlen.« Sie riskierte einen Schuss ins Blaue – und traf.

»Oh doch!«, Huber hatte den Kopf hochgerissen und starrte beide an. »Ich wollte das Geld nie geschenkt haben. Sobald ich die Möglichkeit dazu gehabt hätte, dann hätte ich es ihm auch zurückgezahlt.« Müde fuhr sich der Bauer mit beiden Händen durch das Gesicht.

»Meine Frau war im vergangenen Jahr schwer krank. Bauchspeicheldrüsenkrebs. Die Ärzte in Daun hatten ihr nicht mehr viel Hoffnung gemacht. Dann hatte sie in so einer Zeitung von einer neumodischen Therapie gelesen, in Süddeutschland. Aber das war eine Privatklinik und die Krankenkasse wollte die Kosten nicht übernehmen, von wegen, keine anerkannte Therapie und so. Meine Frau hatte ein paar Mal mit der Klinik telefoniert und sich Broschüren schicken lassen.«

Huber sah die beiden Polizisten Verständnis heischend an, »sehen Sie, ich wollte doch meine Frau nicht verlieren. Sie hatte ohnehin kein tolles Leben hier gehabt, aber ich wollte, dass es ihr wieder besser ging. Nur Geld hatte ich keines, die Bank wollte mir auch kein weiteres Darlehen mehr genehmigen, der Hof ist bis über die Dachrinne mit Hypotheken belastet. Also habe ich Kalli Vogel gefragt und er hat es mir geliehen.« Huber presste die Lippen zusammen, als wollte er nichts weiter mehr sagen.

Wolf fragte weiter: »Damit haben Sie aber immer noch nicht gesagt, wie Sie Herrn Vogel dazu gekriegt haben, mal eben 30.000 Euro zu zahlen. Er muss es Ihnen bar gegeben haben, sonst hätte doch seine Frau was spitz gekriegt.«

Hubers Augen fingen böse an zu funkeln: »Natürlich durfte seine Frau nichts erfahren. Sonst hätte er ihr ja auch sein Knüssenöllchen[11] mit der Blonden erzählen müssen.«

Kommissarin Diesel durchzuckte es, in Sekundenschnelle sortierte sie das Puzzle um den Mord von Vogel neu und kam zu einem ganz anderen Bild. »Vogel hatte eine Geliebte?«, fragte sie nach.

Huber nickte und seufzte: »Ich habe die beiden mal gesehen in einer Jagdhütte bei Hohenfels. Sie ist so eine Schicke aus der Stadt, blond, Modelfigur, jung, fährt nen BMW Z4.« Er sah Kommissar Wolf an: »Kalli Vogel flog auf den Typ, schon immer. Zuhause bei ihm ging es ja weniger lustig zu. Seine Frau Jutta sagte, wo es lang ging, die hat Haare auf den Zähnen.«

Sigmund Wolf beugte sich ein wenig vor und sah ihm in die Augen. »Also haben Sie ihn erpresst!«, sagte er leise.

Huber presste die Lippen zusammen, zögerte einen Augenblick. Dann senkte er den Kopf und nickte. Heinrich Huber hob den Kopf wieder an und blickte fest erst Wolf, dann Diesel an: »Aber ich habe Kalli Vogel nicht umgebracht. Dabei bleibe ich.«

Sybille Diesel zückte die Handschellen. »Vielleicht sollten wir diesen Punkt ja auf unserer Inspektion klären«, sagte sie und kam auf Huber zu. Der sah sie mit großen Augen an.

»Aber, ich habe mit dem Mord nix zu tun«, schrie er beinahe.

Kommissar Wolf drehte ihn an den Schultern herum und hielt seine Hände auf dem Rücken fest. »Erpressung ist auch eine Straftat«, sagte er, als die Handschellen klickten.

Friedhof in Walsdorf

Der Friedhof in Walsdorf liegt auf einer Anhöhe. Von dort aus hatte man einen weitläufigen Ausblick auf die Talsenke, in der das Dorf liegt. Heute, am Tag der Beerdigung von Karl-Heinz Vogel standen der Parkplatz und die Anfahrt zum Friedhof voll mit Autos und Menschen drängelten sich auf dem kleinen Dorffriedhof. Viele Nachbarn und Freunde aus Zilsdorf, Walsdorf und der Umgebung wollten Abschied nehmen.

Auch Wolf und Diesel waren zu der Beerdigung gekommen. Gestern hatten sie Huber nach Daun auf die Polizeiinspektion gebracht und weiter verhört. Aber außer der Erpressung hatte dieser nichts weiter gestanden. Er blieb dabei, Vogel nicht erschlagen zu haben. Gegen Abend ordneten sie dann Untersuchungshaft für Huber an.

Die Verhaftung Hubers war natürlich in dem kleinen Walsdorf nicht unbemerkt geblieben und heute Gesprächsthema Nummer Eins unter den Trauergästen. Die beiden Kommissare bekamen etliche anerkennende Blicke zugeworfen und es hätte nicht viel gefehlt, und einer hätte ihnen auch noch auf die Schulter geklopft. Der Mann konnte sich gerade noch beherrschen, nachdem ihn seine Ehefrau mit dem Ellbogen in die Rippen geboxt hatte. So stellten sich Wolf und Diesel etwas abseits der Trauergesellschaft an eine Hecke und beobachteten die Leute.

Aus den Augenwinkeln nahm Sybille Diesel eine Katze war, die mit hoch erhobenem Schwanz vorbeistolzierte, eine typische Eifeler Hauskatze mit weißen Beinchen und einem getigerten Rücken und Schwanz. Unwillkürlich musste sie lächeln.

Sie sah, wie die Katze auf eine junge, blonde Frau zuspazierte, die am anderen Ende des Friedhofs abseits der Trauerfeier stand und immer wieder dorthin blickte. Sybille Diesel runzelte die Stirn.

Ich hatte auf dem Hof von Vogel erlauscht, wann die Beerdigung stattfinden sollte und war deshalb schon sehr früh zum Friedhof nach Walsdorf aufgebrochen. Hier hatte ich dann unter Ziersträuchern versteckt gewartet.

Ich war neugierig auf die Art und Weise, wie Menschen mit dem Tod umgingen. Auch wir Katzen können Trauer empfinden, wenn wir einen nahen Artgenossen verlieren oder unseren menschlichen Bezugspartner. Ich hatte schon beobachtet, dass viele von uns dann kaum noch fressen oder sich nicht mehr putzen und es gibt ganz sensible Katzen, die richtig in Depressionen verfallen. Auch wenn wir im Allgemeinen Einzelgänger sind, brauchen Katzen auch ihre Zeit, bis sie einen Verlust seelisch verarbeitet haben.

Der Friedhof füllte sich allmählich mit Menschen. Das Familiengrab der Vogels lag am Hauptweg und um den Pfarrer versammelten sich die Angehörigen und die Trauergemeinschaft. Die Witwe Jutta Vogel stand mit ihren beiden Kindern an der offenen Grabstelle und weinte lautstark. Die Kinder machten einen traurigen und verwirrten Eindruck. Der Pfarrer begann mit der Zeremonie.

Durch die großen, weit ausladenden Bäume flirrte das Sonnenlicht. Ein leichter Wind wehte und plötzlich zog eine Duftwolke an mir vorbei, die mich elektrisiert zusammen zucken ließ.

Es war derselbe Geruch, den ich schon auf dem Heuboden und an der roten Reizwäsche gerochen hatte. Ich ging der Duftspur nach und sie führte mich zu einer jungen Frau, die in einer Grabreihe weit abseits der großen Trauergruppe stand.

Sie hatte blondes Haar und einen für meine feine Nase geradezu penetranten Parfumgeruch an sich. Ich sah, dass ihre Schultern zuckten und sie hielt sich ein Taschentuch vor die roten Lippen. Leise hörte ich sie schluchzen.

Ich strich ihr um die Beine, sie erschrak erst zusammen, doch als sie mich sah, beugte sie sich zu mir herab und streichelte meinen Rücken. Sie hatte sehr zärtliche Finger.

Ich beschnüffelte sie intensiv. Ja, ganz eindeutig war das die Parfum-Lady von dem Heuboden. Also war sie in der Scheune gewesen und Karl-Heinz Vogel hatte mit ihr rumgemacht. Da ich es aus meiner Samtpfotenwelt nichts anderes von Katern gewohnt war, sah ich das eigentlich als normal an. Aber aus meinem Zusammenleben mit Zweibeinern wusste ich, dass diese weniger großzügig in Bezug auf Partnerschaft waren.

Die junge Frau kraulte mir jetzt den Kopf und ich schnurrte. »Du bist aber ein Liebes. Willst du mich trösten?«, fragte sie leise.

Schritte näherten sich uns: »Verzeihung. Mein Name ist Sybille Diesel von der Kriminaldirektion in Trier«, sagte die Kommissarin und hielt der Frau ihre Dienstmarke hin. »Können wir uns vielleicht unterhalten?«

Ich erschrak und machte, dass ich wegkam.

KriminalkommissarinDiesel hatte die Szene beobachtet und sich an die Aussage Heinrich Hubers über Vogels angebliche Geliebte erinnert.

Sie sprach die junge Frau leise an, um den Pfarrer, der auf dem Hauptweg nun den Sarg mit Weihwasser besprengte, nicht zu stören.

Diese war ein wenig verwirrt. Hinter einer dunklen Brille liefen ihr Tränen übers Gesicht.

Sybille Diesel betrachtete sie eingehend. Die Frau machte einen sehr modebewussten Eindruck. Ein schwarzer Trenchcoat war chic mit einem breiten Gürtel zugezogen, die schwarzen, hochhackigen Stiefel hatten eine knallrote Sohle. Für eine Trauerfeier in einem Eifeldorf fast schon ein Skandal. Sie gehörte ganz eindeutig nicht hierher.

»Vielleicht hier«, sagte die Kommissarin und wies mit der Hand auf einen mächtigen Buchenstamm, hinter den sich beide stellen konnten und so vom Hauptweg aus nicht mehr zu sehen waren.

»Sagen Sie mir bitte Ihren Namen?«, fragte sie die junge Frau leise.

»Ich bin Ramona Wellinghoff.«

»Mir scheint, Sie sind nicht von hier. Kannten Sie den Mann, der dort beerdigt wird?«, fragte die Kommissarin weiter.

»Ich war mit Herrn Vogel bekannt und wollte von ihm Abschied nehmen«, ihre Stimme war angenehm dunkel.

»Frau Wellinghoff, Sie waren mehr als nur bekannt mit Karl-Heinz Vogel, nicht wahr?«, Ramona Wellinghoff schüttelte schnell den blonden Kopf.

»Wir haben die Aussage von einem Zeugen, der Sie zusammen mit Herrn Vogel gesehen hat. Soll ich vielleicht auf dem Parkplatz nachsehen, ob dort ein BMW Z4 steht oder möchten Sie eine Gegenüberstellung mit unserem Zeugen?«, insistierte die Kommissarin.

Die junge Frau senkte den Kopf und war für einen Moment still versunken. »Bitte lassen Sie mir die Zeit, mich von ihm zu verabschieden. Selbstverständlich stehe ich Ihnen nachher zur Verfügung«, sagte sie leise.

KriminaloberkommissarWolf hatte seine Kollegin beobachtet, nun spürte er sein Handy in der Jackentasche vibrieren. Er ging ein paar Schritte abseits, um niemanden zu stören und meldete sich dann am Telefon. »Was gibt es denn?«, fragte er.

Während er lauschte, verzog sich sein Gesicht und er fluchte: »Verdammte Scheiße!«, was ihm ein paar entrüstete Blicke einiger Trauergäste einbrachte. Er klappte sein Handy wieder zu und ging langsam auf seine Kollegin zu.

Als er nahe genug war, gab er ihr ein Zeichen. Sybille Diesel kam zu ihm und sah ihn fragend an. »Heute morgen wurde Heinrich Huber erhängt in seiner Zelle aufgefunden. Er hat aus seiner Arbeitshose die langen Hosenträger herausgerissen und sich damit einen Strick gedreht«, stöhnte er. Kommissarin Diesel schloss für einen Augenblick die Augen und unterdrückte den Fluch, der ihr auf der Zunge lag.

»Für unseren Kriminalhauptkommissar ist der Fall damit erledigt. Huber ist für ihn der Mörder und der hat sich jetzt selbst gerichtet. Fall gelöst! Also alles eintüten und ab ins Archiv. Wir sollen sofort nach Daun kommen«, sprach er weiter.

Sybille Diesel überlegte einen Augenblick lang und schüttelte dann den Kopf. »Fahr du alleine. Schick mir unseren Assi Kevin mit einem Wagen hierher. Ich habe die Freundin von unserem Opfer gefunden und spreche noch mit ihr.«

»Was soll das noch bringen?«, fragte Wolf flüsternd.

»Wenn sich Huber selbst umgebracht hat, dann bestimmt nicht aus Reue gegenüber dem Mord. Der Mann war schon vorher erledigt! Der hatte nichts mehr, nur noch Schulden und Einsamkeit. Ich bin hier noch nicht fertig, egal was unser hoch verehrter Kriminalhauptkommissar dazu meint«, flüsterte sie erregt zurück.

Wolf sah sie nachdenklich an und entschloss sich dann, ihrem weiblichen Instinkt zu vertrauen. »Ist gut, ich schick dir den Leimann«, sagte er und drehte sich zum Ausgang des Friedhofs um.

Inzwischen war der Sarg in die offene Grabstelle herabgelassen worden, die Trauergesellschaft kondolierte und verließ allmählich den beschaulichen Platz auf der Anhöhe.

Ramona Wellinghoff wartete ab, bis auch der letzte Besucher den kleinen Friedhof verlassen hatte, kam dann hinter der Buche hervor und ging zum Grab Karl-Heinz Vogels. Kommissarin Diesel beobachtete die junge Frau genau.

Sie sah, wie sie eine weiße Rose in das Grab warf und leise zu dem Sarg flüsterte. Ihre zitternde Hand wischte ein paar Tränen vom Gesicht. Dann richtete sich die Frau auf und kam langsam auf die Polizistin zu. »Danke, dass Sie mir die Zeit gegeben haben.«

Zusammen gingen sie den breiten Weg zum Eingangstor und verließen den Friedhof. Draußen auf dem Parkplatz kramte Ramona Wellinghoff in ihrer Handtasche und holte Zigaretten und Feuerzeug heraus. Sie bot der Polizistin auch eine an, aber Sybille Diesel hatte sich vor drei Jahren mühsam das Rauchen abgewöhnt und schüttelte nur den Kopf.

Die blonde Frau zündete sich eine Zigarette an und inhalierte tief mit geschlossenen Augen. Dann nahm sie ihre Sonnenbrille ab und sah die Kommissarin mit ihren dunkelblauen Augen an.

»Ich kenne den Karl-Heinz seit circa einem Jahr. Ich arbeite als Unternehmensberaterin und im Bereich Marketing für KMU´s«, und als die Kommissarin sie fragend ansah, »kleine und mittelständische Unternehmen, meine ich. Mein Spezialgebiet sind neue Energietechnologien. Ich hatte Karl-Heinz Vogel auf einer Messe kennengelernt und wir haben uns gut unterhalten. Kurze Zeit später rief er mich ein paar Mal an und irgendwann haben wir uns verabredet. Natürlich nicht hier in der Gegend, zuerst in Ahrweiler.«

Sie lächelte: »Karl-Heinz hatte sehr viel Humor, wir hatten so viel Spaß. Wir sind uns schnell näher gekommen. Aber am Anfang war das wirklich nichts Ernstes. Ich wusste ja, dass er Familie hat. Ich bin ja in meinem Beruf auch sehr eingespannt und viel unterwegs, dachte ich damals.« Ihre blauen Augen bekamen einen sehnsuchtsvollen Ausdruck.

Die Kommissarin sah sich die junge Frau sehr genau an, ihr harmonisches Gesicht mit der schmalen Nase und den vollen, roten Lippen. Die blonden Haare hatten einen modischen Stufenschnitt.

Ramona Wellinghoff sprach weiter: »Wir hatten uns selbst eingeredet, dass wir nur ein lockeres, unverbindliches Verhältnis wollten. Irgendwann entdeckten wir dann, dass längst mehr daraus geworden war. Karl-Heinz sprach als erster von Liebe und dass er auch bereit sei, für uns seine Familie zu verlassen.« Sie ließ den Zigarettenstummel auf den Parkplatzboden fallen und zertrat ihn mit der Schuhspitze. »Das war erst vor kurzem, so drei, vier Wochen her. Wir hatten noch gar nicht über Details gesprochen, ich lebe in Köln und war mir auch noch nicht sicher, ob er sich in dem Trubel überhaupt wohl fühlen könnte oder ob ich vielleicht umziehen wollte.«

Kommissarin Diesel hatte die junge Frau sprechen lassen und nicht unterbrochen, jetzt fragte sie nach. »Wissen Sie, ob seine Frau etwas von Ihnen geahnt hat?«

Ramona Wellinghoff schüttelte die blonde Mähne. »Das weiß ich wirklich nicht. Bisher hatten wir uns immer nur heimlich getroffen und meistens außerhalb. Karl-Heinz hatte sich extra ein Pre-Paid-Handy zugelegt, mit dem telefonierten wir.«

Sybille Diesel sah von weitem ein Polizeifahrzeug die Straße zum Friedhof hochkommen. Kommissaranwärter Leimann steuerte den Wagen und hielt auf ein Handzeichen der Kommissarin an.

Sybille Diesel wandte sich wieder an die junge Frau. »Frau Wellinghoff, wann haben Sie Karl-Heinz Vogel das letzte Mal gesehen?«

Das Gesicht der jungen Frau wurde ein wenig rot. »Das war ungefähr eine Woche, bevor er so schrecklich ums Leben gekommen ist. Seine Frau war ein paar Tage mit den Kindern weg. Und ich wollte schon immer mal eine Nacht im Heu verbringen, wenn Sie verstehen, was ich meine.«

Sie konnte ein schalkhaftes Lächeln nicht unterdrücken. »Er hat mich heimlich auf seinen Hof gebracht, damit die Nachbarn nichts mitbekommen.«

Sybille Diesel wollte das noch mal genauer hören: »Sie waren mit Karl-Heinz Vogel auf seinem Hof und hatten Sex im Heu?«

Ramona Wellinghoff senkte den Kopf. Tränen rannten über ihr Gesicht. »Ja, wir waren in der Scheune oben auf einem Heulager. Es war so romantisch.« Jetzt weinte sie haltlos. Die Tränen lösten ihre Wimperntusche auf und hinterließen schwarze Spuren auf den Wangen.

Die Kommissarin wartete ein paar Augenblicke, bis sich Ramona Wellinghoff beruhigt hatte. Dann legte sie leicht die Hand auf den Arm der jungen Frau.

»Frau Wellinghoff, Sie haben uns mit Ihrer Aussage sehr geholfen. Ich habe die Bitte, dass Sie mich nach Daun auf die Inspektion begleiten, damit wir das protokollieren können.«

»Aber … «, begann die blonde Frau verwirrt und blickte in Richtung eines einsam am Straßenrand stehenden BMW Z4.

»Es ist sehr wichtig für uns. Mein Kollege kann mit Ihrem Wagen nachkommen«, sagte Sybille Diesel und sanft, aber bestimmt, schob sie Ramona Wellinghoff zum wartenden Polizeifahrzeug.

Tatort Zilsdorf

Kriminalkommissarin Sybille Diesel fuhr die L 421 gemächlich in Richtung Zilsdorf. Die tief stehende Sonne zauberte eine goldene Traumlandschaft in das schöne Stück Vulkaneifel, das sie gerade durchquerte. Die Polizistin ging in Gedanken noch einmal die Zeugenaussage von Ramona Wellinghoff durch.

Damit waren sie und ihr Kollege Wolf sich einig, dass es nötig war, die Ehefrau des Opfers, Jutta Vogel, zu befragen. Allein Schüssler war davon nicht überzeugt, für ihn war der Fall mit dem Selbstmord von Heinrich Huber abgeschlossen.

Aus diesem Grund war Sigmund Wolf in Daun geblieben und sprach mit dem Kriminalhauptkommissar, während Sybille Diesel nach Zilsdorf fahren sollte. Wolf sollte verhindern, dass Schüssler zu früh hinausposaunen würde, der Fall Vogel sei gelöst. Und sie wollten auch nicht, dass der Selbstmord Hubers in seiner Zelle zu früh bekannt wurde. Sie ahnten längst, dass Vogel von jemand anderem erschlagen worden war. Es gab allerdings nicht die geringste verwertbare Spur darauf.

Kommissarin Diesel bog den Wagen in die Hofeinfahrt der Vogels ein und stellte das Auto ab. Dann ging sie zur Haustüre und klingelte.

Jutta Vogel wirkte etwas überrascht, als sie die Türe einen Spalt weit öffnete. Sie sah die Polizistin etwas ungehalten an. »Ja, gibt es denn noch was?«, fragte sie statt einer Begrüßung.

»Guten Tag, Frau Vogel, es sind noch ein paar Fragen aufgetaucht, die Sie mir vielleicht beantworten können. Darf ich hineinkommen?«, fragte Sybille Diesel und wies mit der Hand in den Flur.

»Natürlich«, sagte Jutta Vogel hastig und öffnete die Türe ganz, »das ist aber kein guter Zeitpunkt. Meine Schwiegereltern bringen die Kinder heute Abend zurück. Und ich hab noch einiges vorzubereiten.«

Sybille Diesel ging nicht darauf ein sondern sah die Witwe einfach an.

Mit einem kleinen Seufzer sagte Jutta Vogel: »Setzen wir uns ins Wohnzimmer.«

Ich war von der Beerdigung in Walsdorf wieder zurück in die Scheune nach Zilsdorf gelaufen und hatte unterwegs noch am Rastplatz zur Feldmaus angehalten und meinen Hunger gestillt. Ich zermarterte mir den Katzenkopf, wie ich das spitzenbesetzte Beweisstück einsetzen konnte.

Das Prinzip, wichtige Indizien den geeigneten Leuten in den Weg zu legen, hatte sich als goldrichtig erwiesen und mich hierher geführt. Ich war mir inzwischen hundertprozentig sicher, dass Karl-Heinz Vogel von seiner eigenen Frau erschlagen worden war.

Jutta Vogel wollte alles beherrschen und folgte einem ausgeprägten Kontrollzwang. Niemals hätte sie geduldet, dass ihr Mann sie wegen einer anderen Frau verließ. Ihr Selbstwertgefühl hing von dem katholischen Heile-Welt-Bild ab, das sie mühsam aufrechterhielt. Dazu gehörte ihr Putzfimmel genauso wie eine vollständige Familie.

Meine Gedanken wurden unterbrochen, als ich das Motorengeräusch des Polizeiwagens wieder erkannte. Die letzten Meter legte ich im Sprint zurück, obwohl meine Pfoten mittlerweile wie Feuer brannten. Ich hatte aufgehört, die Kilometer zu zählen, die ich in den letzten Tagen auf Tour war. Ich rannte gerade um die Ecke, als ich sah, wie die Polizistin ins Haus ging und die Türe schloss.

Sofort sprang ich zur Scheune und kletterte durch das Fenster hinein. Aus meinem Versteck unter dem Anhänger holte ich den roten Büstenhalter und schleppte ihn zum großen Tor. Wie schon zuvor die Papiere, schob ich den BH einfach durch die Lücke am Boden und machte mich auf den Weg nach draußen.

Vor dem Scheunentor packte ich den Spitzenfummel mit den Zähnen und sah mich um. Wo wäre der beste Platz für das Teil?

»Es muss sofort ins Auge fallen, darf auf keinen Fall übersehen werden«, dachte ich. Es war sehr ruhig auf dem Hof in der einbrechenden Dämmerung. Langsam ging ich auf die Haustüre zu. Die rote Reizwäsche legte ich direkt auf der Fußmatte ab und zog das Knäuel mit den Pfoten auseinander. Ein sexy roter BH auf einer Fußmatte in einem Eifeldorf – ich krauste ein wenig die

Nase, senkte halb die Augen und schmunzelte. Dann ging ich mit hoch erhobenem Schwanz zu einer alten Bank, die im Vorgarten unter einer Kletterrose stand und sprang hoch. Von hier aus konnte ich alles beobachten. Ich hockte mich bequem hin und begann meine Pfoten zu putzen.

Schon auf der Hinfahrt hatte die Kommissarin überlegt, wie sie vorgehen sollte. Jutta Vogel hatte sich sehr unter Kontrolle, sie aus der Reserve zu bringen, war enorm heikel.

»Was macht Ihre Allergie?«, fragte Diesel.

Jutta Vogel sah sie ein wenig irritiert an und antwortete dann: »Danke, leider ändert sich nichts. Ich hoffe, ich kann in den nächsten Tagen endlich mal zum Arzt fahren. Bisher hatte ich noch keine Zeit dafür.« Sie lehnte sich in die Couch zurück.

Ihr Blick wurde plötzlich neugierig: »Stimmt es, dass Sie den Huber verhaftet haben? Es wurde auf der Beerdigung fast von nichts anderem mehr geredet.«

»Das ist richtig, wir haben Heinrich Huber gestern vernommen und das hat lange gedauert.«

Jutta Vogel atmete tief durch und lächelte grimmig. »Ich bin froh, dass Sie das Schwein, das meinen Mann umgebracht hat, kassiert haben und der jetzt seine gerechte Strafe bekommt.«

»Nun«, Sybille Diesel tastete sich behutsam vor, »wofür immer Herr Huber bestraft werden müsste, das hat er schon selbst besorgt. Heinrich Huber hat sich heute morgen umgebracht.« sagte sie und sah Frau Vogel an.

In deren Augen blitzte es triumphierend auf und ein höhnisches Grinsen durchzuckte ihren Mund, aber sehr schnell hatte sie ihr Gesicht wieder unter Kontrolle und machte eine betroffene Miene. »Mein Gott, Selbstmord?«, fragte sie mit fassungsloser Stimme nach.

»Genauer gesagt, er hat sich in seiner Zelle erhängt.«

Jutta Vogel hob den Kopf: »Ein solches Ende hat er sich selbst zuzuschreiben für den Mord an meinem Mann. Ich bin froh, dass Sie den Täter gefunden haben. Jetzt können meine Kinder und ich in Frieden leben.«

Sie gibt keinen Millimeter preis, dachte die Kommissarin, dann leg mal los. »Den Mord an Ihrem Mann hatte Herr Huber bis zuletzt bestritten ...«

»Das ist doch klar!«, platzte Jutta Vogel erregt dazwischen.

»... dennoch, es sind interessante Informationen bei der Vernehmung aufgetaucht, die den Tod Ihres Mannes in einem anderen Licht erscheinen lassen.«

Die Witwe sah die Kommissarin fragend an: »Ich dachte, mit dem Selbstmord von Huber wäre der Fall erledigt?«

»Nicht von unserer Seite. Es gibt Indizien, dass Huber es getan haben könnte, aber keinen Beweis, dass er es getan haben sollte. Tatsächlich ist mit seiner Aussage eine neue Spur für uns sehr viel interessanter geworden. Frau Vogel, warum haben Sie uns verschwiegen, dass Sie von der Affäre, die Ihr Mann hatte, gewusst haben?« Die Kommissarin sah die Witwe jetzt direkt an.

Jutta Vogel zuckte zusammen. Für einen kurzen Augenblick zeigte sie eine unkontrollierte Wut, dann straffte sie ihre Schultern und sah Sybille Diesel mit großen

Augen erstaunt an. »Eine Affäre? Mein Mann? Das ist lächerlich. Das hat sich der Huber nur ausgedacht.«

Die Kommissarin schüttelte den Kopf. »Nein, von Huber hatten wir nur einen Hinweis. Aber inzwischen konnten wir uns ausführlich mit der Geliebten Ihres Mannes selbst unterhalten. Demnach war er seit fast einem Jahr mit der Frau liiert und hatte vorgehabt, Sie zu verlassen. Ich glaube Ihnen nicht, dass Sie nichts geahnt haben wollen. Heinrich Huber hatte bereits ausgesagt, dass Sie alles bestimmen und kontrollieren würden, auch Ihren Mann. Vergleichbares hörten wir auch von der jungen Frau.«

Jutta Vogel war weiß im Gesicht geworden. Sie hörte der Polizistin mit wütendem Blick und zusammengepressten Lippen zu, ihre Arme hatte sie unter der Brust verschränkt und ballte die Hände zu Fäusten.

Sybille Diesel beobachtete sie und sprach weiter. »Karl-Heinz Vogel wollte seine Familie verlassen und mit seiner Freundin Ramona zusammenleben. Er war unabhängig mit den Einnahmen aus dem Vertrag mit der Windenergiegesellschaft und wusste seine Familie auch finanziell abgesichert. Für ihn war das der beste Zeitpunkt zu gehen. Sie ahnten oder wussten, dass er von Ihnen weg wollte und das konnten Sie nicht ertragen.

Sie haben ihn in der Scheune zur Rede gestellt oder er hat es Ihnen selbst gesagt, jedenfalls haben Sie die Kontrolle verloren und einfach mit dem Nächstbesten zugeschlagen. Sie hatten eine solche Wut, dass Sie Ihrem Mann den Schädel eingeschlagen haben. Dann erkannten Sie, was Sie getan haben und Panik überfiel Sie. Sie zogen sich schnell um und fuhren nach Hillesheim zum Supermarkt, wo Sie zufällig noch Ihre Freundin getroffen haben, die Ihnen ein Alibi verschaffen konnte.«

Jutta Vogel fauchte: »Wie können Sie es wagen, diesen Müll über meinem Mann und mir auszukippen. Nichts davon ist wahr. Wir waren eine glückliche Familie, bis Huber meinen Mann ermordet hat. Das hat er nur gesagt, weil er neidisch war auf das, was wir alles hatten.«

»Nein, Frau Vogel, wir haben auch die Aussage der Frau, für die Ihr Mann bereit war, seine Familie zu verlassen, ebenso gemeinsame Bilder auf ihrem Handy und leidenschaftliche SMS, die er an sie verschickt hat.«

Es kostete Jutta Vogel enorme Kraft, sich zu beherrschen und ihre Wut und Angst zu unterdrücken. Sie nahm weiter eine gelassene Haltung ein, aber ihre Finger krallten sich unbewusst in ihre Oberarme. »Ich glaube Ihnen kein einziges Wort.« Jutta Vogel sprach langsam und sehr präzise.

»Ihr Mann hatte ein Pre-Paid-Handy , von dem Sie nichts wussten. Wir werden noch einmal in der Scheune suchen, wenn mein Kollege gleich mit dem Technikteam ankommt. Ich wette, Ihr Mann hat es dort versteckt.«

Jutta Vogel drehte den Kopf weg und sah aus dem Fenster. Hinter ihrer Stirn arbeitete es fieberhaft.

Sybille Diesel sprach ruhig weiter: »Frau Vogel, Sie haben Ihren Mann getötet. Wir wissen das. Und auf dieser Basis ermitteln wir auch weiter. Sie werden den Mord nicht für ewig verschweigen können, es zerfrisst Sie ja jetzt schon, das sehe ich Ihnen an. Sie werden sich selbst zerstören, wenn Sie sich nicht zu Ihrer Tat bekennen und Ihre Kinder mit Ihnen.«

»Lassen Sie meine Kinder aus dem Spiel«, schrie Jutta Vogel die Kommissarin an, »ich habe nichts getan. Und weiter muss ich auch nicht mehr mit Ihnen sprechen. Wenn Sie nichts haben als Ihre wilden Spekulationen, dann muss ich jetzt darauf bestehen, dass Sie mein Haus verlassen. Ich habe Ihnen nichts mehr zu sagen!« Sie erhob sich und wies zur Türe. »Gehen Sie!«

Sybille Diesel schluckte eine Antwort herunter und stand auf. Sie war vergeblich gegen diese Mauer angerannt und sah nun frustriert auf die Witwe herab.

Jutta Vogel war von der Tatsache, dass ihr Mann sie betrogen hatte, nicht so überrascht gewesen, wie eine unwissende Ehefrau es hätte sein müssen. Und sie legte eine enorme Selbstbeherrschung an den Tag, aber darunter kochte es wie ein alter Eifelvulkan.

Beide gingen wortlos zur Haustüre, die Jutta Vogel öffnete. Dann schrie sie plötzlich kreischend auf.

Auf der dunklen Fußmatte vor der Eingangstüre leuchtete ein roter BH, ein wenig angeschmutzt, aber mit reizvollem Spitzenbesatz. Die entsetzte Frau schlug die Türe weit auf und stolperte ein paar Schritte rückwärts, bis sie an der Flurwand nicht weiterkam und kraftlos an dieser herabsank. Sie schrie und keuchte und schlug sich die Hände vor die weit aufgerissenen Augen.

Die Kommissarin hatte sofort erkannt, dass der Büstenhalter unmöglich Jutta Vogel gehören konnte. Er war viel zu klein für die stämmige Witwe. Das war der Riss in der Mauer, auf den sie gehofft hatte. Sie stellte sich vor die erschütterte Frau.

»Die Reizwäsche gehört der Geliebten Ihres Mannes. Dass die beiden hier gewesen sind, wussten wir bereits von ihr«, sagte sie brutal direkt. »Und Sie haben es auch gewusst! Ihr Mann bringt seine Liebschaft hierher, in Ihr sauberes Heim. Das durfte er auf keinen Fall machen. Eine andere Frau in Ihrem Haus, womöglich in Ihrem Bett. Das konnten Sie nicht ertragen.«

Jutta Vogel schauderte es bei diesem Gedanken, sie weinte haltlos.

»Frau Vogel«, insistierte die Kommissarin, »Ihr Mann war in der Scheune und Sie sind zu ihm hingegangen und haben ihn zur Rede gestellt. Und dann haben Sie sich gestritten. Wollen Sie nicht loswerden, was Ihnen die Seele zerfrisst?«

Die Witwe hockte auf dem Boden und hatte die Hände in die Haare gekrallt, sie starrte noch immer wie hypnotisiert auf den leuchtenden Stoff. Langsam nickte sie.

Die Kommissarin zog sich sofort ein Paar Einweghandschuhe über und hob den roten BH vom Boden auf. Die Frage, woher das Teil so plötzlich aufgetaucht war, musste sie auf später verschieben. Die Chance auf ein Geständnis hatte sie nur einmal. Dann schob sie ihn in einen Plastikbeutel und verschloss ihn. Sie steckte alles in ihre Jackentasche, holte ein kleines Aufnahmegerät heraus und drückte die Record-Taste.

Der Blick von Jutta Vogel brach und sie lehnte erschöpft den Kopf an die Wand. »Was ist in der Scheune passiert?«, fragte die Kommissarin leise.

Jutta Vogel konnte die Flut der Bilder, die in ihr Bewusstsein hoch brandete, nicht länger unterdrücken.

Sie sah vor ihrem geistigen Auge, wie sie ihren Mann in der Scheune anflehte, sie nicht zu verlassen und vor seinem gleichgültigen Blick entsetzt zurückwich.

Er liebte sie nicht mehr, dass wurde ihr schlagartig klar und in ihrem Kopf explodierte ein heißer Feuerball.

An der Werkbank lehnte das Brecheisen, das Kalli kurz zuvor noch benutzt hatte. Jutta Vogel war die schwere Arbeit auf einem Bauernhof von klein auf gewöhnt und sehr kräftig. Als sie jetzt zuschlug, wusste sie sofort, dass sie etwas Unwiderrufliches getan hatte. Sie hörte es am Knirschen des Schädelknochens.

»Ich konnte es zuerst nicht glauben«, flüsterte Jutta Vogel mit brüchiger Stimme, »Kalli wollte mich tatsächlich verlassen. Nach all den Jahren. Er wollte ein neues aufregendes Leben beginnen. Ich hätte ja den Hof, finanziell wären wir abgesichert, sagte er. Als ob es darauf ankäme. Wir sind schon so lange zusammen, er gehört einfach hierher. Wir haben nicht einmal gestritten oder uns angeschrien, wie man sich das so vorstellt. Nein, er war so ruhig, so endgültig, und das machte mir richtig Angst. Plötzlich lag ein Kuhfuß in meiner Hand und ich hab einfach zugeschlagen. Dann war das viele Blut da und ich … «, sie verstummte vor dem Bild, das in ihrem Kopf auftauchte und senkte den Kopf. Ihre Schultern zuckten und sie weinte leise.

Sybille Diesel berührte ihre Schulter leicht mit der Hand. »Kommen Sie, Frau Vogel, begleiten Sie mich bitte nach Daun.«

Jutta Vogel sah verwirrt auf und kam langsam auf die Beine, sie schwankte ein wenig.

Die Kommissarin stützte sie und legte dann ihre Hände auf den Rücken.

Aus ihrer Jacke holte sie die Handschellen und verhaftete die Täterin. »Frau Vogel, ich nehme Sie wegen Mordes an Ihrem Mann Karl-Heinz fest. Sie haben das Recht, die Aussage zu verweigern oder einen Rechtsanwalt hinzuzuziehen. Ich bringe Sie jetzt für die Vernehmung in die Polizeiinspektion nach Daun.«

Sachte schob sie die Mörderin zur Haustüre in Richtung ihres Polizeiwagens. Kommissarin Diesel half der Frau auf den Rücksitz und ging dann um das Auto herum.

Quer über der glänzenden Motorhaube verlief eine Spur mit Pfotenabdrücken.

Sybille Diesel stutzte und blickte sich suchend um, aber der Bauernhof lag in der Dämmerung verlassen da. Sie stieg in den Wagen, fuhr an und bog an der Hofausfahrt in Richtung L 421 ab.

Aus dem Augenwinkel sah sie am Feldrand eine graugetigerte Katze mit hoch erhobenem Schwanz und weißen Hinterpfoten.

Für einen Moment blickte sie der Katze stirnrunzelnd nach, musste sich aber gleich wieder auf die kurvenreiche Strecke konzentrieren und vergaß sie schnell.

Nach Hause

Meine Aufgabe war erledigt! Mein früherer Lebensretter war von seiner eigenen Frau erschlagen worden und ich hatte geholfen, den Fall aufzuklären. Langsam ging ich in der einsetzenden Dunkelheit in Richtung Walsdorf zurück. Ich wollte zurück zur Scheune meiner Geburt und von da aus endlich nach Hause.

Ich war völlig fertig, es war eine enorm anstrengende Woche für mich gewesen. Meine Muskeln schmerzten brennend und meine Pfoten waren in einem traurigen Zustand. Abgenommen hatte ich auch; naja, dem Pfund würde ich nicht nachtrauern. Meine Figur war jetzt um einiges sportlicher.

Schon zu Beginn meines Abenteuers hatte ich mich gefragt, woher eigentlich mein Antrieb kam, mich hierbei einzumischen und mich wie ein Detektiv aufzuführen.

Jetzt, wo alles vorbei war, war es mir klar. Das Opfer Karl-Heinz Vogel hatte mir als Kätzchen zwar das Leben gerettet, aber mehr verband mich deshalb nicht mit ihm. Es war Neugierde! Grenzenlose Neugierde.

Von weitem hörte ich das »Wwusssch« der drei Windräder in der Nacht. Meine Augen nahmen im Feld jede Menge Bewegungen wahr. Einen Augenblick überlegte ich, ob ich noch eine kleine Jagdpause einlegen sollte, aber dann zog ich weiter. Ich wollte nur noch nach Hause. Mitten in der Nacht erreichte ich das schlafende Walsdorf und den Bauernhof. Ganz leise schlich ich mich am schnarchenden Wachhund vorbei in die Scheune.

Pussy lag auf dem verschlissenen Sessel und blinzelte mich verschlafen an. Ich sprang zu ihr hoch und begrüßte sie mit einem Nasenstüber.

»Und?«, fragte sie und sah mich mit den hellgrünen Augen an, die ich von ihr geerbt hatte.

»Die Ehefrau wars. Sie ist verhaftet worden. Und ich bin so was von fertig«, gähnte ich und rollte mich neben ihr zusammen. Pussy fing an, mir Gesicht und Ohren zu putzen und ich dämmerte in tiefen Schlaf.

Es war schon spät am Vormittag, als ich endlich aufwachte. Ich gähnte herzhaft und dehnte und streckte meine Glieder. Dann sprang ich vom Sessel und suchte im Kuhstall nach den Näpfen, die für uns Katzen immer dort standen. Es war nur etwas Milch darin, fürs Frühstück musste das erst mal reichen.

Ich leckte mir mein Mäulchen sauber, als Pussy mit meinem Bruder Black Jack zur Scheune rein kam. Sie hatte eine Feldmaus gerissen und legte sie mir vor die Pfoten, ausgehungert machte ich mich darüber her.

»Mann, da draußen ist was los. Du hast für ganz schön viel Wirbel gesorgt«, plapperte mein Bruder drauf los, während ich frühstückte. *»Meinen Dicken hat es voll erwischt. Aus der Zeitung hat er vorgelesen, etwas von*

Bestechungsaffäre und Skandal. Und dass die Staatsanwaltschaft Aachen jetzt die Ermittlungen gegen den Windkraftradbetreiber einleitet. Mein Dicker schreibt gerade an einer Presseerklärung, dass er seine Kandidatur als Landrat für die kommende Wahl zurückzieht. Zum Wohle der Partei. Das war wohl der Deal, damit er mit blauem Auge davonkommt. Er wird sich aus der Politik ins Privatleben verabschieden und seine Memoiren schreiben.« Jacky verdrehte die Augen und grinste schief. Mir kam fast die Maus wieder hoch.

Pussy hatte die ganze Zeit ruhig daneben gesessen. *»Jetzt erzähl mal, was bei dir alles passiert ist.«*

Wir gingen alle drei zu dem alten Sessel und machten es uns gemütlich. Dann begann ich mit meinem Bericht. Als ich Rover erwähnte, musste Pussy lächeln, natürlich kannte sie den alten Rumtreiber.

An der Stelle mit dem roten BH auf der Fußmatte bekam mein Bruder einen Lachanfall. *»Ist ja verschärft, Reizwäsche vor ner Eifeler Haustüre.«*

Nachdem ich fertig war, sah mich Pussy an: *»Du weißt es vermutlich noch nicht, heute früh habe ichs im Dorf gehört, der Huber hat sich im Gefängnis selbst umgebracht.«*

Ich sah sie erschrocken an. *Hatte ich das verursacht?*

Pussy sah die Frage in meinen Augen und schüttelte den Kopf. *»Mach dir keine Vorwürfe. Der Mann war seines Lebens nicht mehr froh, schon bevor du hier aufgetaucht bist. Über kurz oder lang wäre das wahrscheinlich auch so passiert. Der ist voriges Jahr mit seiner Frau schon gestorben.«*

Ich stierte bedrückt vor mich hin.

»Willst du eigentlich wieder nach Bolsdorf zurück oder hier bleiben?«, fragte sie mich aufmunternd.

»Ich will nach Hause«, sagte ich einfach.

»Zu Fuß oder per Anhalter?«, lächelte sie verschmitzt.

Bei dem Gedanken an die lange Strecke über den Berg und an der Sandgrube vorbei rebellierten meine wunden Pfoten. Ich sah sie fragend an und dann verstand ich.

Grinsend standen wir auf und gingen zu zweit aus der Scheune, vorbei an dem misstrauisch dreinschauenden Schäferhund, der sich ungeachtet dessen keinen Schritt nach vorne traute. Dem juckte immer noch die Nase.

Wir gingen durch den Garten auf die rückwärtige Terrassentüre zu und begannen mit einem lautstarken Katzenkonzert. Ich schrie und miaute so laut, wie ich konnte.

Bäuerin Kathi öffnete die Türe und sah mich erstaunt an »Ja, wie kommst du denn hierher. Himmel, wie siehst du aus.« Sie beugte sich zu mir und hob mich auf den Arm. Ihre braunen Augen musterten mich mitfühlend. »Nur noch Haut und Knochen, du armes Ding.« Ooch, ich hatte nichts gegen ein paar Streicheleinheiten und tatkräftiges Bedauern. Vom Küchenherd her duftete es geradezu verführerisch. Ich leckte mir das Mäulchen. »Dich versorgen wir erst mal und dann rufe ich sofort meine Schwägerin an, damit sie dich abholen kommen. Die haben sich vielleicht Sorgen gemacht und dich überall gesucht.«

Meine Mutter Pussy blieb draußen vor der Türe stehen und so nahmen wir mit den Augen Abschied voneinander.

Epilog

Bolsdorf, ein paar Monate später

Satt und zufrieden hatte ich mich auf der Ofenbank zusammengerollt. Mein Abenteuer lag jetzt schon eine Weile zurück und ich ging meinen üblichen Katzengeschäften nach: jagen, spielen, fressen, schlafen.

Nachdem mich Marieke, weiblich, blond, besorgt und Jonas, Chauffeur vom Dienst, in Walsdorf mit dem Auto abgeholt hatten, hatte ich erst mal fast zwei Tage lang nur geschlafen und gefressen. Verdutzt hatte ich die Feststellung gemacht, dass ich meine Leute und meine Freunde in Bolsdorf wirklich vermisst hatte und mich richtig freute, wieder daheim zu sein.

Auf das Vergnügen eines Tierarztbesuches hätte ich aber sehr gerne verzichtet, aber die überbesorgte Marieke machte sich über meinen etwas heruntergekommenen Zustand die allergrößten Sorgen.

Die Vitaminspritze, die ich verpasst bekam, werd ich ihr noch lange nachtragen.

Der alten Kimba hatte ich alles haarklein erzählt und ihr die Grüße meiner Mutter ausgerichtet. Auch sie erinnerte sich noch sehr gut an den alten Rover.

»Das war damals vielleicht ein strammer Bursche«, seufzte sie zahnlos; ich sah sie nur kopfschüttelnd an.

Dem Nachbarkater Tomtom hatte ich eine genaue Wegbeschreibung bis nach Walsdorf gegeben, ob er allerdings den Weg raus aus dem Dorf finden würde, war ich mir nicht so sicher.

Am Küchentisch klapperten jetzt die Teller und Bestecke. Meine zweibeinigen Versorger aßen zu Mittag und unterhielten sich wie immer.

»Du glaubst nicht, was ich heute gehört habe, Jon«, sagte Ludwig zwischen zwei Bissen »erinnerst Du dich noch an den Bestechungsskandal mit der Windkraftfirma vor einiger Zeit?«, und als Jonas mit vollem Mund nickte, »die haben doch damals Insolvenz angemeldet, weil denen die Fördermittel gestrichen worden waren. Die hatten aber mit den Mitteln fest gerechnet und das Geld schon vorher ausgegeben. Als die Förderung dann platzte, stand die Firma mit einem dicken Minus da.«

»Selbst Schuld«, meinte Sparschwein-Sammlerin-Oma dazu.

»Was ist denn mit denen?«, fragte Jonas nach.

»Heut krieg ich mit, dass sich ein belgisches Konsortium mit dem Insolvenzverwalter geeinigt hat und die Firma aufkaufen wird. Zu einem Bruchteil des Wertes und die übernehmen auch alle Windräder, die bereits aufgestellt sind. Und jetzt ratet mal.«

Ludwig machte eine Pause und wartete, bis alle um den Tisch herum ihn gespannt ansahen. »Ein Mitglied in dem Konsortium ist Frau Benneke, ausgerechnet die Ehefrau von dem früheren Geschäftsführer der Eifel-Energie-Agentur GmbH.«

Ich fing an, meine Pfoten ausgiebig zu putzen und schnurrte dabei laut vor mich hin.

Glossar

1. T.S. Eliot, Old Possums Katzenbuch, Vorlage zum Musical Cats
2. Der Eifelsteig ist ein Fernwanderweg in der Eifel
3. Cafe Am Alten Backhaus in Bolsdorf
4. Das Revier eines ausgewachsenen Katers ist mit bis zu 3 Kilometer etwa dreimal so groß wie das einer Katze (500 Meter bis 1 Kilometer). Für sie hängt die Reviergröße vom Nahrungsangebot für sich und den Nachwuchs ab, doch für ihn ist entscheidend, dass genug Partnerinnen für eine Paarung zur Verfügung stehen. *Quelle Wickipedia*
5. Fussig = Rothaarig
6. Francis, aus Felidae von Akif Pirincci; dessen Fan ich bin
7. Schälchen, Töpfchen, Fressnapf
8. engl. der Vagabund
9. Im Vergleich zum Menschen mit über 2 bis 10 Millionen Geruchszellen ist die Katze mit über 60 bis 70 Millionen sehr geruchsempfindlich. Flemen ist eine Mischung aus Riechen und Schmecken, mit Hilfe des Jakobsschen Organs.
10. Mit dem Prinzip First-online stellen Zeitungen ihre Beiträge im Internet zur Verfügung, noch vor dem späteren Druck.
11. Verhältnis, Liebschaft

Vorschau

Jule hat alle Pfoten voll zu tun! In der Umgebung gehen nachts Ställe und Scheunen in Flammen auf.

Unsere samtpfotige Verbrecherjägerin hat vier Junge bekommen und muss gleichzeitig den gefährlichen Feuerteufel suchen, der in der Gegend von Bolsdorf Angst und Schrecken verbreitet.

Als mitten im Dorf ein Haus abbrennt, kommt in dem wütenden Feuer ein Ehepaar ums Leben. Ein Fall für die beiden Kommissare Wolf und Diesel. Jule hilft ihnen heimlich, auf die Spur des Mörders zu kommen.

Aber brandgefährlich wird es für Jule, als die Scheune, in der sie ihren Wurf Kätzchen hat, in Flammen steht.

KATZENFEUER

Demnächst!